AF220042

WAPPEN ODER ZAHL

Was passiert, wenn mir das bisherige Leben zwischen den Fingern zerrinnt? Plötzlich stehe ich mit leeren Händen da. Wie wandelt sich Angst in Hoffnung, Bitterkeit in Lebensfreude, blockierendes Leid in solidarisches Tun?

Diesen Fragen geht ein Taxifahrer in Gesprächen mit seinen Gästen auf den Grund. Zwölf der Mitschnitte vermacht er nach dem Tode seinem Enkel. Weshalb erst jetzt?

GERHARD RINGMANN

Wappen oder Zahl

Eine kleine Philosophie
der Zeitenwende

Bibliografische Information der Deutschen Nationalbibliothek: Die Deutsche Nationalbibliothek verzeichnet diese Publikation in der Deutschen Nationalbibliografie; detaillierte bibliografische Daten sind im Internet über http://dnb.dnb.de abrufbar.

Herstellung und Verlag: BoD – Books on Demand, Norderstedt

ISBN: 978-3-7557-9455-4

FÜR ELLA UND ALVA

INHALT

PROLOG

Wie schnell sich zuweilen die Zeit wendet. Bei einer Routinekontrolle entdeckt der Arzt einen stark wuchernden Krebs. Das Kind stirbt durch einen Unfall auf dem Heimweg von der Schule. Eine Flutwelle im Ahrtal reißt Dörfer davon und begräbt Dutzende von Menschen in ihren zusammengestürzten Häusern. Eine Coronapandemie verbreitet sich in Windeseile über die Welt und bringt Millionen von Menschen den Tod. Der Krieg in der Ukraine wirft das Gespenst eines Dritten Weltkriegs als Menetekel an die Wand.

Was ist, wenn es mich trifft? Wenn mein Leben wie ein Kartenhaus in sich zusammenfällt und nichts mehr von dem zählt, was einmal war? Der rote Faden ist gerissen, vermeintliche Sicherheiten und Gewissheiten sind unwiederbringlich dahin. Verloren blicke ich in eine ungewisse Zukunft.

Dieses Schicksal ereilt Karl Justus Göhlen. Von seiner Geschichte handelt dieses Buch.

Potsdam, Pfingsten 2022
Gerhard Ringmann

I. DAS TESTAMENT

1

»Ulrike, mein Schatz, komm mal bitte her. Es ist etwas ganz Schreckliches passiert.«

Die Mutter streckt dem Mädchen die Hände entgegen. Dann zieht sie die Kleine an sich und wiegt sie eine Weile leise in ihren Armen.

»Du weißt doch, dass Papa diese Woche auf einer Dienstreise in Portugal ist.«

»Natürlich. Übermorgen ist er wieder zurück. Papa hat mir versprochen, dass wir Samstag in den Zoo gehen.«

»Daraus wird leider nichts. Papa hatte gestern einen ganz schlimmen Autounfall. Er wurde ins Krankenhaus gebracht. Die Ärzte haben versucht, ihn zu retten. Aber sie haben es nicht geschafft. Papa ist heute früh gestorben.«

Ihre Stimme stockt.

»Ich weiß, wie schlimm das für Dich ist. Nun ist er beim lieben Gott im Himmel und wird ganz bestimmt immer an uns denken.«

»Das ist nicht wahr.«

Ulrike reißt sich aus der Umklammerung. Verzweifelt schreit sie ihre Mutter an.

»Sag, dass das nicht stimmt. Papa lebt. Die Ärzte haben sich vertan.«

»Leider nicht, mein Hase, ich habe vorhin mit dem Krankenhaus telefoniert. Die haben mir alles genau erklärt. Papa ist ganz friedlich eingeschlafen. Die Ärzte konnten nichts mehr für ihn tun.«

Mit weit aufgerissenen Augen starrt Ulrike ihre Mutter an. Ihre kleinen Hände umklammern Hilfe suchend ihren Teddybären. Dann fängt sie lautlos an zu weinen. Dicke Tränen kullern ihr die Wangen herab.

2

»Frische Brötchen, Salami, Erdbeermarmelade. Bananen, Vanillepudding, Eier. Haribos, Bierchen, Chips.«

Nils wuchtet die vollen Einkaufstüten auf den Tisch.

»Ich sage nur: 4. Etage Hinterhaus, 72 Stufen ohne Fahrstuhl. Eine Höllenschinderei!«

Der pummelige Student streicht sich die verschwitzten braunen Haare aus dem krebsrot angelaufenen Gesicht. Dann lässt er sich mit einem theatralischen Stöhnen in den abgewetzten Lesesessel fallen.

»Den Abwasch erledigt. Müll weggebracht. Altglas sortiert. Das volle WG-Programm für einen Monat«, kontert Frieder.

Der Mitbewohner mit den hellblauen Augen und einer stattlichen Länge von fast zwei Metern schielt neugierig Richtung Badezimmertür.

»Ich frage mich, ob unser feiner Herr Tibor diese menschliche Größe auch nur ansatzweise zu würdigen weiß.«

Aufs Stichwort erscheint der Dritte im Bunde im Türrahmen und stellt seinen nackten Adoniskörper zur Schau.

»Danke, Männer, für die lieben Worte. Ihr seid die Allergrößten. Ich werfe gleich die Kaffeemaschine an und haue ein paar Eier mit Schinken in die Pfanne. Heute lassen wir es krachen.«

»Gute Initiative«, lobt Nils, »käme noch besser, wenn Du Dir kurz mal etwas überstreifst. Jetzt gibt es nur noch ein Problem. Das ist dieser Brief.«

Er wedelt mit einem Umschlag.

»Ich habe ihn im Flur aus dem Kasten gezogen. Ein gewisser Friedrich Göhlen bekommt Post von einem Rechtsanwalt.«

»Was hast Du Lappen jetzt schon wieder angestellt?«, legt Tibor los.

»Gar nichts, Du Nuss«, wehrt sich Frieder, schnappt sich das Kuvert und schlitzt es vorsichtig mit einem scharfen Küchenmesser auf.

Dann liest er sich das Schreiben aufmerksam durch.

Berlin, 26. März 2018

Sehr geehrter Herr Göhlen,

in der Nachlasssache des Herrn Karl Justus Göhlen, geboren am 17. Juli 1942 in Heinersdorf bei Grünberg, Niederschlesien, verstorben am 2. Januar 2018 in Berlin, lade ich Sie zur Testamentseröffnung für Dienstag, den 15. Mai 2018, 17 Uhr, in mein Büro, Knesebeckstr. 5, 10719 Berlin, ein.

Sollten Sie an diesem Termin verhindert sein, wäre ich für eine kurze Nachricht dankbar.

Mit freundlichen Grüßen
Helmut Ossenbühl, Rechtsanwalt

»Da hat sich aber jemand krass vergurkt«, schießt es Frieder durch den Kopf. »Opa ist doch schon seit Urzeiten tot.«

»Was ist los, Alter«, drängelt Tibor, der sich zwischenzeitlich bunte Boxershorts und ein schwarzes Marken-T-Shirt übergeworfen hat.

»Du schaust so geplättet drein.«

»In diesem Wisch steht, ich werde erben. Ist aber leider nur Fake.«

Frieder legt den Brief auf den Küchentisch.

»Könnt ja selber schauen.«

»Von einer Erbschaft träume ich schon lange«, tönt Tibor.

»Wie kommst Du darauf, dass da was nicht stimmt?«, will Nils wissen. »Sieht doch alles seriös aus. Das Schreiben stammt von einem amtlichen Rechtsanwalt. Und ist sauber auf Büttenpapier geschrieben, mit Adresse, Stempel und allem Zippizappi.«

»Papier ist geduldig und auch Juristen können irren. Das Problem ist nicht die Erbschaft an sich, das Problem ist der Erblasser. Großvater ist seit Jahrzehnten tot. Nun schreibt der Anwalt, er sei erst am 2. Januar 2018 verstorben.«

»Das ist in der Tat krude«, pflichtet Nils ihm bei, »aber so was lässt sich bestimmt aufklären. In unseren Breitengraden muss es möglich sein, eine Leiche sauber zu identifizieren.«

»Das glaube ich auch«, erwidert Frieder, »und solange halte ich den Ball ganz flach. Ich kann ja zur Sicherheit mal meine Mutter anrufen, auch wenn sie dann bestimmt gleich heulen wird. Sie hat mir die alte Geschichte schon tausendmal erzählt. Wie Opa sie hochhob und zum Abschied kräftig drückte. Sein Lächeln, als er den Koffer nahm. Die Kusshand, die er ihr zuwarf, bevor er ins Taxi zum Flughafen stieg. Dann war er für alle Zeiten weg.

Sie war da gerade fünf.«

»Krass.«

Nils schüttelt den Kopf.

»Deine Mutter tut mir echt leid. Aber sieh es mal anders herum. Wenn das stimmt, was der Anwalt schreibt, was wäre Dein Großvater für eine coole Socke? Jahrzehntelang von der Bildfläche verschwinden und dann aus dem Off mit 'ner Erbschaft winken. So was muss man erst mal bringen.«

3

Am Eingang des Stahnsdorfer Waldfriedhofs steigt Frieder vom Rad und schließt es an den Fahrradständer an.

»Tut mir leid, dass ich so spät dran bin, Mama. Habe mich in der Entfernung voll verschätzt.«

Zügig geht er auf seine Mutter zu und nimmt die kleine zierliche Frau herzlich in den Arm. Das Kinn des Jungen berührt sanft ihren Scheitel. Genüsslich saugt er den Duft ihrer zum Zopf gebundenen hellbraunen Haare auf.

»Macht doch nichts, mein Junge. Schön, dass Du überhaupt kommst. Ich hatte vor Deinem Anruf gestern nicht damit gerechnet. Du siehst gut aus, mein Sohn.«

»Du auch, Mama. Wartest Du schon lange?«

»Nicht der Rede wert. Ich habe beim Gärtner schon ein paar Pflanzen für Omas Grab besorgt. Das muss ich nach dem Winter gleich als erstes in Ordnung bringen. Also lass uns gehen.«

»Komm, ich nehme Dir die Tüten und den Korb mit dem Gartengerät ab.«

»Danke. Das ist lieb von Dir. Schau Dich mal um.

Ist das nicht ein herrlich gepflegter Park mit alten Bäumen und verwunschenen Grabstellen mittendrin?«

»Finde ich auch. Ich war erst ein einziges Mal hier. Das war zu Omas Beerdigung. Es regnete in Strömen und wir gingen den langen Weg zur Friedhofskapelle zu Fuß. Trotz des großen Schirmes hatte ich anschließend klatschnasse Beine. Warum war Papa eigentlich nicht dabei?«

»Ich hatte ihm keine Traueranzeige geschickt.«

»Weshalb nicht?«, fragt Frieder verblüfft.

»Der wäre sowieso nicht gekommen. Für uns hatte er doch nie Zeit.«

»Das habe ich anders in Erinnerung.«

»Ist jetzt auch egal«, wimmelt die Mutter ab. »Was macht eigentlich Dein Studium?«

»Wir schreiben morgen eine Strafrechtsklausur. Wenn ich die schaffe, habe ich den kleinen Strafrechtsschein im Sack. Dann werde ich mich in den kleinen Öffentlichen stürzen. Da schreiben wir in der nächsten Woche auch eine Klausur. Thema: Was ist ein Verwaltungsakt?«

»Du bist so fleißig mein Junge. Ich drücke Dir für die Prüfungen ganz fest die Daumen. Die werden bestimmt was werden. Warst ja schon in der Schule immer ein kleiner Überflieger.«

Sie packt Frieder am Arm.

»Jetzt nach links und dann sind wir auch bald da.«

»Ich sehe schon die Birke.«

Frieder hakt sich mit der freien Hand bei der Mutter unter. Die letzten paar Meter gehen sie langsam und mit Bedacht. Dann stehen sie vor dem Grab. Auf einem großen Findling im Schatten der Birke steht es in schlichten Lettern: Anna Lina Göhlen, geb. Becker, geboren am 12. Oktober 1943 in Bad Essen, gestorben am 10. September 2012 in Berlin.

Nach einer Weile unterbricht Frieder die andächtige Stille.

»Mama, bevor Du mit der Gärtnerei loslegst, muss ich Dich mal etwas fragen. Wollen wir uns auf die Bank setzen?«

»Gern, mein Junge, das ist mein Lieblingsort.«

Sie nehmen am Rande des Grabes Platz.

»Was hast Du auf dem Herzen?«

Frieder räuspert sich.

»Weißt Du, ich habe in den letzten Tagen darüber nachgedacht, wie es war, als Oma noch lebte. Da besuchten Papa und wir sie alle vierzehn Tage. Erst zuhause in ihrer Wohnung am Schlachtensee und später dann im Altersheim. Diese Nachmittage habe ich gehasst. Alle meine Freunde waren auf dem Fußballplatz. Nur ich saß stundenlang in der überheizten Bude. Musste das dauernde Gestöhne über falsch parkende Autos auf dem Bürgersteig und den Lärm vom Biergarten gegenüber über mich ergehen lassen. Und das ewige Lamentieren über die vollen Wartezimmer der Ärzte und die Rücksichtslosigkeit der Jugend. Jedes Mal die gleiche Platte. Nur über Opa wurde nie gesprochen. Warum eigentlich nicht?«

»Jetzt fängst auch Du noch damit an.«

»Wer kam denn sonst auf diese Idee?«

»Weiß ich nicht. Aber letztes Jahr, kurz vor Weihnachten, lag plötzlich ein dicker Brief in meinem Kasten. Auf dem Umschlag mein Name, Ulrike Göhlen. Auf der Rückseite der Name Deines Großvaters, Karl Göhlen. Keine Briefmarke, keine Adresse, nichts. Den hatte jemand heimlich bei mir eingeworfen.

Ich hielt das natürlich für einen schlechten Scherz.«

»Und was stand in dem Brief?«

»Keine Ahnung. Habe ihn sofort in den Kamin gefeuert.«

»Bis Du wahnsinnig? Hättest mich wenigstens fragen können. Ich hing Weihnachten tagelang bei Dir ab und Du verlierst über den Brief kein einziges Wort.«

Frieder stampft wütend mit dem Fuß auf den Boden.

»Ich wollte das schöne Fest nicht mit meinen Spinnereien belasten.«

»Was für Spinnereien? Der Brief war doch echt.«

»Schon«, antwortet die Mutter bedrückt. »Aber irgendjemand hat mir doch den bösen Streich gespielt. Bis heute zermartere ich mir den Kopf, wer das war. Das kann nur ein Insider gewesen sein.«

»Vielleicht war es dieser.«

Frieder fingert das Anwaltsschreiben aus seiner Jacke.

»Lies das mal bitte.«

Die Mutter überfliegt den Brief.

»Das darf nicht wahr sein«, stammelt sie entsetzt.

Sie buchstabiert das Schreiben nochmals Zeile für Zeile durch. Am Todeszeitpunkt des Erblassers bleibt sie lange hängen. Dann schaut sie Frieder mit großen Augen an.

»Kann es sein, dass mir beim Verbrennen des Briefes ein entsetzlicher Fehler unterlaufen ist?«

Der Junge greift behutsam die Hand seiner Mutter.

»Vorgestern hätte ich das noch definitiv ausgeschlossen. Jetzt halte ich es durchaus für möglich. Vielleicht war es Opas Abschiedsbrief an Dich.«

4

Am 15. Mai steigt Frieder in die guten Jeans und streift ein weißes Baumwollhemd über. Dann schnappt er sich die weißen Sneaker, holt das Leinensakko aus dem Schrank und macht sich auf den Weg in die Knesebeckstraße.

Um 16.55 Uhr klingelt er an der Tür der Anwaltskanzlei. Ihm ist ganz mulmig zumute. Eine geschäftig herumwuselnde Vorzimmerdame begrüßt ihn förmlich und führt ihn in ein Wartezimmer. Das Mobiliar hat seine besseren Jahre bereits hinter sich. Wie auch die beigen Wände, die seit mindestens fünfzehn Jahren auf neue Farbe warten. Dazu die sechs schmucklosen Kupferstiche, lieblos penibel an die Wand gedübelt. Eine Tasse Kaffee nimmt Frieder dankend an.

Nach wenigen Minuten erscheint der Rechtsanwalt, ein älterer Herr jenseits der 70. Er ist sorgfältig gekleidet, trägt Fliege und passt in seiner steifen Art auch sonst zum Inventar. Helmut Ossenbühl bittet Frieder in sein Arbeitszimmer, einen ca. 40 Quadratmeter großen holzvertäfelten Raum. Dort nehmen sie in einer Sitzecke am Fenster Platz. Nachdem er die Personalien überprüft hat, schaut der Anwalt den Jungen freundlich lächelnd an.

»Ich nehme an, Herr Göhlen, dies ist Ihre Premiere als Erbe. Und es ist, trotz der 40 Dienstjahre, die ich mittlerweile auf dem Buckel habe, in gewisser Weise auch eine Premiere für mich. Das liegt an den besonderen Umständen des Falles, die ich Ihnen schildern möchte, bevor ich das Testament verlese. Sind Sie damit einverstanden?«

Frieder nickt.

»An den besonderen Umständen ist wohl was dran. Ich zerbreche mir seit Wochen den Kopf, ob ich hier auf der richtigen Veranstaltung bin. Was macht Sie sicher, dass es sich bei dem Toten um meinen Großvater handelt? Mir wurde gesagt, er sei bereits seit 1979 tot.«

»An der Identität des Erblassers gibt es keine Zweifel«, erläutert der Jurist. »Ich bin mir da aus einem doppelten Grunde gewiss. Erstens kannten wir uns. Ihr Großvater und ich haben Anfang der Achtziger Jahre Seite an Seite eine Reihe von Schlachten der Kleingärtner gegen das Bezirksamt geschlagen. Die Stadt Berlin ging damals den Laubenpiepern in Schöneberg an den Kragen. Sie wollte viele Parzellen zugunsten der Stadtautobahn und neuer Wohnviertel platt machen. Ihr Großvater war der geistige Kopf des Protestes.«

Frieder kombiniert.

»Keine Zweifel an der Identität des Erblassers? Also doch kein Fake. Laubenpieper in Schöneberg? Eine Tellerwäscherkarriere in Amerika scheidet aus. Seite an Seite mit dem verstaubten Rechtsanwalt? Was muss sein Opa für ein Spießer gewesen sein.«

»Herr Göhlen, geht es Ihnen gut? Darf ich Ihnen ein Glas Wasser holen?«

»Alles okay.«

Frieder streicht sich den Schweiß von der Stirn.

»Ich war nur gerade mit meinen Gedanken woanders. Welches ist der zweite Grund, von dem Sie sprachen?«

»Am 28. Dezember letzten Jahres tauchte er wieder auf. Ein großer, gelassener und in sich ruhender Mann, dem anzumerken war, dass er aufgrund einer fortgeschrittenen Erkrankung nicht mehr lange zu leben hatte. Es sei Zeit, sein Erbe zu regeln, sagte er, und dazu brauche er meine Hilfe. Ich möge, wenn es so weit sei, sein Testament vollstrecken, das er mir in einem Umschlag aushändigte. Das sei alles. Ein enger Freund werde nach seinem Tode das Gewerbe abmelden, die Wohnung auflösen und alle Verbindlichkeiten begleichen. Seine Asche werde bei einer Bestattung auf hoher See verstreut. Anschließend werde sich der Freund bei mir melden und mich bitten, Sie zur Testamentseröffnung vorzuladen. Der Freund war am 15. März bei mir. Den Rest kennen Sie. Selbstverständlich habe ich mir von Ihrem Großvater bei seinem Besuch den Personalausweis zeigen lassen und die ID-Nummer in meinen Akten notiert. Das gehört zu meinen Pflichten. Auch war er unter der angegebenen Adresse im Bezirksamt Schöneberg gemeldet. Den Totenschein und den Bestattungsnachweis habe ich hier. Sie können sie gerne einsehen.«

»Ist schon gut«, winkt Frieder ab. »Das wird schon seine Ordnung haben. Auch wenn es für mich spooky bleibt. Mein ganzes Leben hieß es, Opa sei tot. Frag' nicht weiter nach. Und jetzt taucht er plötzlich auf und setzt mich zu seinem Erben ein.«

»Ihre Verwirrung kann ich nachvollziehen. Auch teile ich Ihr Unverständnis über das ungewöhnliche Prozedere. Natürlich habe ich Ihren Großvater nach den Gründen befragt und er gab freimütig zu, dass er nicht nur Ihr Geburtsdatum und Ihre aktuelle Adresse kenne, sondern auch über Ihre Lebensumstände bestens informiert sei. Er habe Sie seit Ihrer Geburt intensiv begleitet, ganz diskret aus der Ferne, so dass Sie nichts davon bemerkten.

Aber aus mir nicht bekannten Gründen habe er es sich versagt, zu Lebzeiten Kontakt zu Ihnen aufzunehmen. Erst jetzt, auf den allerletzten Drücker, sei die Zeit gekommen. Sie seien schließlich volljährig und hätten einen Anspruch auf die Wahrheit.«

»In welchem Irrenhaus bin ich hier gelandet?«, platzt es aus Frieder heraus, »jetzt hat mich Opa auch noch mein Leben lang gestalkt.«

Helmut Ossenbühl wiegt bekümmert den Kopf.

»Es tut mir aufrichtig leid, Herr Göhlen, aber so sieht es wohl aus. Das muss sehr schmerzlich für Sie sein.«

Ratlos zuckt er mit den Schultern.

»Wenn Sie einverstanden sind, verlese ich jetzt das Testament.«

»Okay. Kann ja nicht mehr schlimmer kommen.«

Der Anwalt zieht einen Briefumschlag aus der Akte. Darin befindet sich ein kurzes handschriftlich verfasstes Schreiben:

Berlin, 26. Dezember 2017

Mein letzter Wille

Ich, Karl Justus Göhlen, geboren am 17. Juli 1942, setze meinen Enkel Friedrich Göhlen, geboren am 2. Januar 1999, zu meinem alleinigen Erben ein.

Friedrich erbt von mir ein Taxi und den Inhalt eines Bankschließfachs bei der Raiffeisenbank in Berlin. Herr Rechtsanwalt Ossenbühl wird dafür sorgen, dass er die Wagenpapiere und den Schlüssel zum Bankschließfach erhält.

Karl Justus Göhlen

Zufrieden legt der Anwalt das Testament zur Seite.

»Das ist der Göhlen, den ihn kenne. Ihr Großvater hasste gedankenloses Gerede wie die Pest. Als Pragmatiker brachte er die Dinge immer auf den Punkt. So wie hier. Sie wissen nun, was es mit der Erbschaft auf sich hat und wie Sie an das Erbe kommen. Wenn Sie wollen, besorge ich Ihnen bei Gericht den Erbschein. In etwa drei Monaten können Sie mit diesem Legitimationspapier in der Hand über das Erbe frei verfügen. Es sei denn«, der alte Herr zögert und schaut den Jungen prüfend an, »Sie überlegen es sich anders und schlagen das Erbe innerhalb der nächsten sechs Wochen aus. Dann brauchen Sie sich über all das keinen Kopf zu machen.«

Frieder streicht sich nervös über den Hemdkragen.

»Was würde es kosten, wenn ich die Erbschaft antrete?«, tastet er sich an eine Antwort heran.

»Für Sie wäre der Vorgang der Erbübertragung kostenfrei. Ihr Großvater hat meine diesbezüglichen Bemühungen vorab honoriert und die anfallenden Gerichtsgebühren bei mir hinterlegt. Das Taxi steht abgemeldet auf dem Garagenhof eines Taxiunternehmers in Schöneberg. Er hat auch den Schlüssel und zeigt Ihnen jederzeit gern den Wagen. Die Adresse und seine Telefonnummer habe ich hier.«

Der Anwalt schiebt Frieder einen Zettel mit den Angaben zu.

»Die Gebühren für das Bankschließfach sind bis zum Jahresende bezahlt.«

»Dann spricht aus finanziellen Gründen nichts dagegen, das Erbe anzutreten«, resümiert der Junge.

»Nein.«

»Trotzdem brauche ich noch ein paar Tage Bedenkzeit. Mir schwirrt der Kopf, das ist alles grade ein bisschen viel für mich.«

»Ist doch ganz normal, Herr Göhlen. Das ginge mir an Ihrer Stelle nicht anders«, versucht ihn der Anwalt zu trösten. »Kommen Sie zur Ruhe, erholen Sie sich von dem Schock. Wenn Sie sich im Klaren sind, was mit der Erbschaft passieren soll, rufen Sie mich an. Dann regeln wir den Rest.«

5

»Du also bist Kalles Enkel und sehnst Dich nach seinem Taxi.«

Hubert Altmann mustert den schmalen blonden Milchbubi mit dem unsicheren Blick. Abgesehen von der Körpergröße sieht er seinem Großvater in keiner Weise ähnlich. Mit einem leichten Kopfnicken bittet er den Jungen in seine Wohnung.

»Willste 'nen Bier?«

»Nein danke. Ein Glas Wasser würde reichen.«

»Sehr vernünftig«, lobt der Taxiunternehmer, schlurft in die Küche und kommt mit einer Wasserkaraffe in der einen und einem leeren Glas in der anderen Hand zurück.

»Dann wollen wir mal unser Taxireich in Augenschein nehmen. Bitte folge mir unauffällig.«

Sie durchqueren den schmalen Flur der Altbauwohnung, das mit Bücherregalen vollgestellte Wohnzimmer und treten durch die offene Tür auf den kleinen Balkon. Er bietet soeben Platz für einen kleinen Klapptisch und zwei Stühle. Hier, vom dritten Stock aus, haben sie einen guten Blick auf den Garagenhof. Sie schauen weiter auf ein paar Pappeln im Nachbargarten, die sich sanft im Wind wiegen, und auf die dicht befahrene Stadtautobahn.

»Dies ist mein Arbeitsplatz. Hier habe ich alles, was ich brauche und kann Dir sofort sagen, wie die Geschäfte laufen.«

»Wollen Sie mich auf den Arm nehmen?«, fragt Frieder verblüfft.

»Nichts läge mir ferner als das.«

Hubert blickt dem Studenten treuherzig ins Gesicht. Dann weist er mit dem Zeigefinger nach unten.

»Schau in den Garagenhof. Du erkennst die beiden Taxen, die da hinten in der Ecke parken und schon seit über einer halben Stunde auf einen Auftrag warten. Der Rubel könnte also besser rollen. Immerhin sind die drei anderen Wagen derweil auf Tour. Und ganz rechts da, an der Mauer, steht das Auto Deines Opas. Da frisst es kein Brot.«

»Heißt das, mein Großvater war bei Ihnen angestellt?«

»Gott bewahre. Das wäre nicht lange gut gegangen. Kalle war ein freiheitsliebender Kopf und ein großer Lebenskünstler dazu. Der fuhr nur so lange, wie er Lust hatte oder zum Leben brauchte. An manchen Tagen hatte er Hummeln im Hintern. Da war er von morgens bis abends in seinem Boliden auf der Straße. Zuweilen fuhr er auch ganze Nächte durch, um sich anschließend wochenlang auf die faule Haut zu legen und das Leben zu feiern. Der hätte in keinen Dienstplan gepasst.«

»Und warum steht sein Taxi auf Ihrem Garagenhof?«

»Frag' mich mal was Einfacheres. Zum Beispiel, seit wann wir uns kennen.«

»Also gut: Wie lange kennen Sie sich?«

Frieder wagt ein erstes vorsichtiges Lächeln.

»Dein Opa und ich liefen uns im Oktober 1963 erstmals über den Weg. Wir hatten uns zum Studium bei den Wirtschaftswissenschaftlern der Freien Universität eingeschrieben. Zufällig saßen wir in der Eröffnungsveranstaltung nebeneinander. Mir war sofort klar, das war ein Lineal-Otto ersten Ranges. Packte er doch allen Ernstes seinen Notizblock aus, um mitzuschreiben und ja nichts zu verpassen. Alter Schwede, was für ein Scheiß. Mein Ehrgeiz war deutlich gebremster. Ich hatte nicht vor, im Kapitalismus Karriere zu machen. Wollte nur die Fratze des Systems durchschauen und herausfinden, wie es zu knacken war. Mit anderen Worten: ich plante die Weltrevolution.«

Der Taxiunternehmer wuchtet die rechte Faust in die Höhe.

»Darüber kriegte sich wiederum Dein Opa nicht ein. Und so entwickelte sich zwischen uns ein weltanschauliches Pingpongspiel. Tagsüber zogen wir fröhlich durch die Uni und beschnupperten, je nach Klassenstandpunkt begierig oder entsetzt, den sich steigernden revolutionären Geist und die hilflose Reaktion des Kathetermuffs. Anschließend belagerten wir die Kneipen und maßen uns in hitzigen Diskussionen nächtelang an der Kraft unserer Argumente.«

»Das klingt nach bewegten Zeiten«, wirft Frieder anerkennend ein.

»Da brannte der Christbaum, mein Freund. Von so was könnt ihr Weicheier heute nur träumen.«

Huberts Gesicht glüht.

»Nur eines klappte dummerweise nicht. Kalle,

dieser verblendete Karrierist, widersetzte sich standhaft meiner Agitation. Er fuhrwerkte an seinen Scheinen herum, als gäbe es nichts Wichtigeres auf der Welt. Selbst als es '67 an der Uni richtig munter wurde und die mit Blutzoll bezahlten Proteste auf den Straßen explodierten, schleimte Kalle unverdrossen den Klausurergebnissen hinterher. Er war nicht doof und die Professoren auch nicht. Sie liebten ihn, seine Angepasstheit und seinen Fleiß, warfen ihm serienweise Bestnoten und am Ende verdientermaßen ein Prädikatsexamen hinterher. Ich war da schon längst auf Dauerkrawall gebürstet. Der Straßenkampf um den Mariannenplatz hielt mich tage- und nächtelang in Atem. Finanziell hielt ich mich mit Taxifahren über Wasser. Als nach 29 Semestern meine wissenschaftliche Karriere mit der Zwangsexmatrikulation endete, meldete ich mein eigenes Taxigewerbe an. Ich wurde freier Unternehmer. Ab da war ich als Weltverbesserer endgültig gescheitert.«

»Was Ihnen finanziell nicht geschadet haben dürfte.«

»Nö.«

Hubert grummelt leise vor sich hin.

»Auch wenn ich von der Taxifahrerei nicht reich geworden bin. Kalle war karrieremäßig deutlich besser drauf. Er stieg in die große Wirtschaft ein und heuerte bei Schering an. Schnell avancierte er zum erfolgreichen Chefeinkäufer des Arzneimittelriesen. Auf Firmenspesen ging es kreuz und quer durch die Welt. Kalle drückte knallhart die Lieferantenpreise und verdiente sich damit eine goldene Nase. Dann verloren wir uns für ein paar Jahre aus den Augen. Bis er eines Tages vor meiner Haustür stand. Ein kleines Häufchen Elend. So fertig hatte ich den Mann noch nie erlebt. Er flehte mich an, ein paar Tage bei mir zu pennen. Ich sei seine letzte Adresse. So zog er in mein Wohnzimmer auf die Couch. Und aus den Tagen wurden Wochen.«

»Krass. Wie kam dieser wilde Absturz zustande?«

»Das frage ich mich bis heute, mein Junge, eine vernünftige Erklärung gibt es nicht.«

»Hatte er vielleicht krumme Dinger gedreht, in schwarze Kassen gegriffen oder die Mafia vergrault? Musste er schnell abtauchen und die Spuren verwischen vor der Polizei?«

Hubert kratzt sich ausgiebig den Bauch, bevor er sich den Jungen mit gespielter Entrüstung vorknöpft.

»Mein lieber Freund, Du schaust zu viele Krimis. Hätte Dein Opa den heißen Atem der Cops im Nacken gespürt, hätte er nicht wochenlang auf dem Sofa gelegen, an die Decke gestiert und Fliegen gezählt. Dann hätte er anschließend auch kein Taxigewerbe angemeldet und wäre auf dem Präsentierteller durch Berlin gefahren. Nee. Kalle war kein Gangster. Der hatte nur irgendeinen Knacks weg, über den schwieg er sich beharrlich aus. Nicht mal mit 'ner Flasche Bier konnte ich ihn aus der Reserve locken. Vermutlich war da was mit der Familie. Vielleicht war es auch die Gesundheit. Aber nichts Genaueres weiß ich nicht.«

»Okay.«

»Zum Glück fand er allmählich seinen Humor zurück. Kalle stieg bei mir als Taxifahrer ein. In dem Job schlug er sich mehr schlecht als recht. Bis wir herausfanden, dass es unserer Freundschaft dienlich ist, wenn er auf eigene Rechnung fährt. So konnte

26

er seinen Arbeitsrhythmus selbst bestimmen. Bald legte er sich ein eigenes Taxi zu und stotterte die Finanzierung eisern und in kleinen Raten ab. Seitdem konnte ihn nichts mehr erschüttern.«

»Ich glaube, Sie mochten meinen Opa sehr.«

»Das kann man ohne Übertreibung so ausdrücken. Kalle meinte, was er sagte. Mit ihm konnte man Pferde stehlen. Dein Opa, mein Junge, war ein echter Freund.«

Dem Taxifahrer versagt die Stimme. Verschämt wischt er sich eine Träne aus dem Auge.

Hastig schiebt Frieder eine weitere Frage nach.

»Wo ist er nach dem Auszug bei Ihnen gelandet?«

»In seinem kleinen Paradies, wie Kalle es immer nannte. Seine Laube liegt auf der anderen Seite der Stadtautobahn.«

Hubert streckt den Arm aus und zeigt nach Süden.

»Siehst Du dahinten den großen Grüngürtel? Darin verbirgt sich mit über 2600 Parzellen die größte zusammenhängende Kleingartenanlage der Stadt. Sie ist eine der großen grünen Lungen Berlins. Von hier aus ist es eine Viertelstunde zu Fuß.«

»Wie schaffe ich es, mich dort nicht zu verlaufen?«

»Schließ' Dich mit Henner Wuttke kurz. Der war sein Nachbar. Zu dritt bildeten wir eine Art ›Trio infernal‹. Nicht nur in der Sondierung der Weltlage, die wir abends auf Kalles Scholle bei einem Gerstensaftfrischgetränk analysierten. Auch sonst hielten wir wie die Weltmeister zusammen. Henner ist Schrebergartenexperte. Der wird sich freuen, wenn Du Dich bei ihm meldest. Ich schreibe Dir mal seine Handynummer auf.«

Der Unternehmer reicht Frieder den Zettel.

»Doch bevor ich Dich auf Henner loslasse, zeige ich Dir mal Kalles Taxi. Es gehört ja schließlich Dir.«

Hubert erhebt sich schwerfällig aus seinem Stuhl und führt Frieder hinunter ins Erdgeschoss. Dort befindet sich ein kleines Büro, an das sich der Aufenthaltsraum für die Fahrer anschließt. Zwei von ihnen fläzen sich in einer gemütlichen Sitzecke. Sie werden von ihrem Chef jovial begrüßt. Er stellt Frieder als neuen Stern am Firmament der Taxifahrerinnung vor. Dann zeigt er ihm den frisch renovierten Dusch- und Umkleideraum und die blitzsauberen Sanitäranlagen.

»Das ist mein wohl nachhaltigster Beitrag zur Verbesserung der Lage der Arbeiterklasse«, erklärt der Unternehmer stolz. »Als ich mich Mitte der Siebziger entschloss zu expandieren, musste ich zwangsläufig ein paar Fahrer einstellen. Doch die sollten unter mir nicht leiden wie die Hunde. Also investierte ich in die soziale Infrastruktur. Kalle profitierte am stärksten davon. Das Leben im Kleingarten war damals außerhalb der Saison ziemlich brutal. Abgesehen davon, dass es verboten war. Im Winter keine Heizung, kein Wasser, nichts. Doch Dein Opa ließ sich davon nicht abschrecken. Er war zäh wie Leder und anspruchslos bis zur Selbstverleugnung. Vor allem aber besaß er einen Schlüssel zum Büro. So konnte er sich hier jederzeit seinen Kaffee kochen oder eine warme Dusche nehmen. Damit mogelte er sich von Jahr zu Jahr über die Runden. Insofern war es auch nur ein wenig gelogen, dass er für die Behörden weiterhin bei mir wohnte.«

Der Taxiunternehmer dreht ab, schnappt sich im Büro den Autoschlüssel und führt Frieder zum Wagen seines Großvaters.

»Das ist ein sehr ordentliches Gefährt, umgerüstet auf Gasbetrieb und auch sonst technisch voll in Schuss. Die Kiste hat erst 140 000 Kilometer auf dem Tacho. Setz Dich einfach mal rein.«

Frieder nimmt auf dem Fahrersitz Platz. Hier also hat sein Großvater gewirkt, mit eigenen Händen das Lenkrad gedreht und den Schaltknüppel betätigt. Beide liegen, wie er sich andächtig überzeugt, gut und glatt in der Hand. Dazu das Taxameter, die Visitenkarten auf dem Klemmbrett am Beifahrersitz. So, wie es sich für ein Taxi gehört. Das aufgeräumte Handschuhfach, die gepflegten Sitze, der penibel saubere Innenraum, alles keine Überraschungen. Erstmals stutzt der Junge, als er die Sonnenblende auf der Fahrerseite herunterklappt. Auf der Rückseite klebt ein vergilbter Spruch.

»Und das ist die Sehnsucht: Leben im Gewoge und keine Heimat haben in der Zeit. Rainer Maria Rilke.«

Frieder wird daraus nicht schlau. Ebenso wenig wie aus einer zweiten Entdeckung. Beim Durchstöbern des Innenraums stößt er auf einen kleinen Kassettenrekorder. Er ist unter dem Fahrersitz versteckt.

»Nanu. Zeichnen Sie die Gespräche mit Ihren Fahrgästen auf?«, will er von Hubert wissen.

»So ein Schwachsinn. Das Ding kenne ich nicht.«

Gemeinsam nehmen sie den Rekorder unter die Lupe. Das Aufnahmegerät ist mit Mikrofonen an der Fahrerkonsole und im Fahrgastbereich verbunden. Es kann per Knopfdruck vom Fahrer in Gang gesetzt oder gestoppt werden. Die eingelegte Kassette ist leer.

»Schau mal einer an, eine Hightech-Abhöranlage

allerersten Ranges. Die Freunde von Horch und Guck wären blass geworden vor Neid«, wundert sich der Taxifahrer.

»Offenkundig war mein Großvater bereits zu Lebzeiten für Überraschungen gut«, pflichtet ihm Frieder bei. »Wäre gut zu wissen, was er mit den Früchten seiner Neugier trieb. Aber wo wir schon über das Auto sprechen: Würde es Ihnen etwas ausmachen, wenn ich es noch eine Weile hier stehen lasse? Ich weiß noch nicht, was ich mit dem Erbstück anfangen soll.«

»Klar doch. Kann ja immer passieren, dass das mit dem Studium mal nicht klappt. Dann bist Du über ein zweites Standbein froh«, frotzelt der alte Mann. »Aber im Ernst: Natürlich kannst Du das Taxi hierlassen. Und wenn Du es verkaufen willst, zahle ich Dir einen fairen Preis. Aber lass Dir beim Nachdenken nicht zu lange Zeit. Die Kiste wird durch die elende Herumsteherei nicht besser.«

6

In der WG angekommen, verkrümelt sich Frieder sofort in sein Zimmer. Er braucht jetzt Ruhe für eine erste Zwischenbilanz.

»Mein Großvater, ein abgezockter Freelancer, Taxifahrer mit Abhörambitionen, Rilkefan, Kleingärtner bis zur Selbstverleugnung. Dazu Hubert Altmann, Ruhestandsrevoluzzer und Koloss von Mann als Freund. Auch der ein schriller Typ, mit seinen spärlichen grauen Haaren, hinter dem Kopf mit einem ollen Gummi zu einem kümmerlichen Zopf gebunden. Mit dem Alt-68er werde ich klarkommen. Und auch mit seinem schnodderigen Humor.

Blöd nur, dass der Taxiunternehmer mir in der entscheidenden Frage nicht weiterhelfen kann. Er hat null Peilung, weshalb sein Kumpel Kalle so plötzlich von der häuslichen Bildfläche verschwand. Der schrullige Rechtsanwalt weiß es auch nicht. Der beschwört zwar nebulös die guten alten Zeiten. Aber das hilft mir jetzt nicht weiter. Und dann der Hammer mit der Stalkinggeschichte. Schleicht der Alte hinter mir her, ohne was zu sagen. Was für ein Idiot! Und ich habe mich immer nach einem Opa gesehnt. Vielleicht kann mir der ominöse Henner Wuttke weiterhelfen. Den muss ich mir als nächstes vorknöpfen. Aber erst einmal rufe ich meine Mutter an. Die sitzt seit der Testamentseröffnung ganz sicher auf heißen Kohlen.«

Frieder schnappt sich das Handy.

»Mama, es gibt Neuigkeiten in Sachen Erbschaft.«

»Na endlich. Du hattest doch versprochen, Dich nach dem Termin beim Rechtsanwalt sofort zu melden.«

»Stimmt. Aber ich wollte Dir keine halbgaren Sachen erzählen. Deshalb war ich heute extra noch mal bei Opas bestem Freund.«

»Das heißt, er ist wirklich erst seit Anfang Januar tot?«

»Ja, Mama, das ist Fakt. Opa ist vor fünf Monaten gestorben. Er lebte die ganze Zeit in Schöneberg.«

»Woher weißt Du das?«

»Es gibt Leute, die können das bezeugen.«

»Und wenn die ihn mit jemand anderem verwechseln?«

Frieder atmet entnervt durch.

»Ausgeschlossen, Mama. Der eine ist sein alter Studienkumpel. Der kannte Opa seit 1963. Da warst

Du noch gar nicht auf der Welt. Der andere ist der Anwalt, der kannte Opa auch seit über 25 Jahren. Der hat sich Ende letzten Jahres sogar noch Opas Personalausweis zeigen lassen.«

»Wenn Opa nicht in Portugal gestorben ist, warum war er dann so plötzlich weg?«

»Ich weiß es nicht. Ich habe nur herausgekriegt, dass es ihm damals sehr dreckig ging. Später wurde er Taxifahrer und wohnte in einer heruntergekommenen Gartenlaube.«

»Also war er arm wie eine Kirchenmaus?«

»Geld war ihm anscheinend nicht so wichtig.«

»Und ich bin an allem schuld.«

»Wie kommst Du auf so einen Quatsch, Mama?«

»Weil er für mich der allerbeste Papa war und der liebste Mensch auf der Welt. Wenn er von einer Reise zurückkam, brachte er immer etwas mit. Und abends im Bett las er mir Geschichten vor und wir sangen miteinander Kinderlieder. Plötzlich war er weg. Und das bestimmt nur, weil er mich nicht mehr mochte.«

»Rede Dir bloß nicht so einen Stuss ein. Seine Flucht hatte sicher andere Gründe. Kann ja sein, dass etwas mit der Ehe nicht stimmte. Vielleicht war eine andere Frau im Spiel. Haben sich Opa und Oma öfter gestritten?«

Die Mutter überlegt.

»An so was kann ich mich nicht erinnern. Ich weiß nur, wie sich Oma nach dem Unfall in Portugal in die Arbeit stürzte. Sie schrubbte und wienerte tagelang das Haus, vom Keller bis zum Speicher. Alles, was nur irgendwie an meinen Papa hätte erinnern können, musste weg, seine Sachen, Fotos, die Schallplattensammlung, auf die er immer stolz gewesen war, seine Schnitzereien, der Inhalt des Werkzeugkellers bis auf den letzten Nagel, wirklich alles. Damals glaubte ich, sie hätte das getan, weil sie so verzweifelt war. Aber jetzt sehe ich das anders. Oma hat mich die ganzen Jahre an der Nase herumgeführt. Und ich habe das mit mir machen lassen. Auf die Idee, Papas Grab in Portugal zu besuchen, bin ich zum Beispiel nie gekommen. Das verzeihe ich mir nie.«

»Du warst damals fünf, Mama, vergiss das bitte nicht.«

»Wütend bin ich trotzdem. Auf mich und auf diese verlogene Familie. Taucht Dein famoser Opa nach Jahrzehnten aus der Versenkung auf und erklärt Dich zu seinem Erben. Und schon ist er wieder weg. Diesmal amtlich und für alle Zeiten. So ein Feigling. Hätte ich den zu fassen gekriegt, ich hätte ihm die Augen ausgekratzt.«

Frieder zuckt zusammen. So aggressiv und außer sich hat er seine sonst stets auf Contenance und Disziplin bedachte Mutter noch nie erlebt. Und die rechnet weiter fleißig mit ihrer Vergangenheit ab.

»Bis zu der vermaledeiten Erbsache glaubte ich, mein Vater hätte mich ebenso lieb, wie ich ihn. Immer wenn ich Angst hatte, in Not war oder mit ansehen musste, wie gut es meinen Freundinnen mit ihren Vätern ging, habe ich mich an ihn im Himmel gewandt. Das war wichtig und half. Ich fühlte mich geborgen. Jetzt merke ich, meinem Erzeuger war das scheißegal. Wie kann man jahrzehntelang ein paar Häuserzeilen weiter wohnen, ohne ein Sterbenswörtchen, ohne Geburtstagskarte oder zumindest ein kleines Weihnachtsgeschenk? Das will in meinen verdammten Schädel nicht rein.«

7

Lässig winkt Henner Wuttke den Jungen heran, als Frieder am 2. Juni 2018 um kurz nach 10 Uhr den Koloniegarten Sonnenbad betritt. Der Laubenpieper steht auf, braungebrannt, kein Gramm Fett auf den Hüften, in schickem Polohemd und beiger Hose. Seine lachenden Augen sprühen nur so vor Energie.

»Komm rüber, mein Freund«, begrüßt er den Jungen, »endlich lernen wir uns persönlich kennen. Dein Großvater hat mir schon viel von Dir erzählt.«

»Hoffentlich nur Gutes«, erwidert Frieder lachend. Er versucht, seine Unsicherheit durch markige Sprüche zu überspielen.

»In bestimmten Kreisen scheine ich bereits eine gewisse Berühmtheit erlangt zu haben.«

Sie nehmen auf der Bank des Vereinsheims Platz.

»Ganz so tragisch ist es nicht, aber Dein Großvater hielt ganz große Stücke auf Dich.«

»Wovon ich leider nichts mitbekommen habe.«

»Dann ist es höchste Zeit, dass sich das ändert. Doch zunächst mal zu den Laubenpiepern. Du solltest wissen, wo der gute Kalle sein Unwesen trieb. Das hier«, Henner hebt den rechten Arm zu einer ausladenden Geste, »nennt sich Festplatzparzelle. Sie liegt im Herzen von Kolonien mit so phantasievollen Bezeichnungen wie Samoa, Heiterkeit, Glück im Winkel oder Grüne Aue. Alte Namen voller Heimatliebe, getränkt mit Sehnsucht nach einer freien, fernen Welt.«

»Das ist voll krass. Als ich von der S-Bahn kam und mich vom ›Insulaner‹ über die Gaststätte

›Zum Bunker‹ bis hierhin durchfragte, dachte ich, ich wäre in einem Freilichtmuseum gelandet. Originalzustand Fünfziger, Sechziger Jahre. Alles so piefig und verbaut. Ausgerechnet hier soll sich mein Großvater wohlgefühlt haben?«

Henner schmunzelt. Ihm gefällt Frieders direkte Art.

»Das hat er in der Tat«, erläutert er. »Dabei sah es früher längst nicht so rosig aus wie heute. Die Lauben sind jetzt alle tipptopp in Schuss. Bei Deinem Großvater spielte sicher eine Rolle, dass er ein Kriegskind war. Als solches bezeichnete er sich zumindest. Nicht, um Mitleid zu erregen oder sein Schicksal zu bejammern. Das war nicht seine Art. Ihm ging es darum, Dankbarkeit zu bekunden für das, was ihm geschenkt wurde und hier möglich war. Als er in seine Laube zog, quälte er sich zunächst martialisch über die Runden. Im Winter schiss er im Garten in den Eimer. Als ob er für etwas büßen müsse. Vielleicht wollte er sich auch nur etwas beweisen. Darauf angesprochen, gab Kalle immer eine Standardantwort: Im Krieg war es schlimmer und im Hungerwinter 46/47 erst recht. Der Kleingarten hatte damals seiner Mutter und ihm das Leben gerettet. Nirgends sonst gab es im zerbombten Berlin was Essbares zwischen die Zähne. Ebenso überzeugt war er, dass ihm die Scholle auch diesmal den Kopf retten würde. Als ich Kalle kennenlernte, hatte er sein Leben in den Sand gesetzt. Beruf weg, Familie am Ende, die Nerven ruiniert. Mit leeren Händen stand er vor dem Scherbenhaufen seiner Existenz. Also musste er sich neu erfinden.«

Frieders Neugier ist geweckt.

»Und ausgerechnet der Kleingarten half ihm dabei?«

»Ja, und zwar in einem doppelten Sinne. Für Kalle war die Verbindung zur Natur stets existenziell. Aus ihr zog er seine Kraft. Bis zuletzt wühlte er auf seinen 200 Quadratmetern in der Erde rum, zählte die Regenwürmer und hielt seinen Nutzgarten wunderbar in Schwung. Dein Großvater freute sich über jedes Radieschen und jede Erdbeere, die er in seinem Gärtchen erntete. Wenn er nicht so an Berlin geklebt hätte, wäre er sicher aufs Land gezogen. So blieb ihm lange Jahre nur das grüne Biotop der Laubenpieper. Erst mit dem Mauerfall wurde das anders. Kalle warf das Zelt ins Taxi und ein paar Lebensmittel dazu. Dann war er für ein paar Tage weg. Oft zog es ihn in die Uckermark oder an die Mecklenburgische Seenplatte. Manchmal waren Hubert und ich dabei. Kannst Du Dir vorstellen, mein Junge, wie schön es ist, abends an einem abgelegenen See am Lagerfeuer zu sitzen, den selbst gefangenen Fisch zu grillen und in die Stille zu lauschen? Es braucht nicht viel, um glücklich zu sein.«

Henner streicht sich wehmütig das Kinn.

»Wenn ich es genau bedenke, war der zweite Grund für Kalle noch bedeutsamer. Der Kleingarten half ihm, sich aus der lauten Welt zurückzuziehen und zu innerer Ruhe zu kommen. Die brauchte er. Nicht, dass er sich gedanklich abgeschottet hätte. So wie es andere hier tun, denen auf der Achterbahnfahrt des Lebens die Luft ausgegangen ist. Für Kalle war der Garten eine Art Basislager zur Entdeckung der Welt. Ich kenne keinen Menschen, der so neugierig war auf das Leben wie er. Ein Querdenker vor dem Herrn und in seiner Spontaneität ein großes Vorbild für Hubert und mich.«

»Das ist ja Klasse«, unterbricht ihn Frieder, dem die Lobhudelei zunehmend auf den Zeiger geht. »Nach Ihrer Schilderung war mein Großvater ein toller Hecht. Leider konnte ich mich davon nicht selbst überzeugen. Was ist das für ein Mensch, der es Zeit seines Lebens nicht fertigbringt, dem eigenen Enkel in die Augen zu schauen?«

»Ich wusste, dass diese Frage kommt. Ich selbst habe sie mir oft gestellt und bin an der Antwort gescheitert. Von dem, was ich eben sagte, nehme ich nichts zurück. Ich setze sogar noch einen drauf. Dein Großvater besaß die unnachahmliche Gabe, Menschen zum Reden zu bringen. Sie spürten, dass sie ihm wichtig waren. Er nahm sich für sie Zeit und hörte zu, unaufdringlich, immer auf die Zwischentöne bedacht. Dann fragte er leise nach und gab ihnen, wenn sie es wollten, einen weisen Rat. Bis heute kapiere ich nicht, wie solch ein wacher und kommunikativer Geist Dir gegenüber so gnadenlos versagen konnte. Zumal er Dich sehr liebte und unter der Trennung von Dir und Deiner Mutter litt.«

»Hat er Ihnen das gesagt?«

»Nee, darüber sprach er nicht. Aber seine Verzweiflung stand ihm ins Gesicht geschrieben. Mir gab es immer einen Stich ins Herz, wie er, der ausgewiesene Sportmuffel, aus der Basketballhalle kam. Ganz aufgewühlt erzählte er, wie gut Du wieder drauf gewesen seiest und Dich an den Aktionen Deiner Mannschaft berauschen konntest. Er hatte bei den Spielen von Alba Berlin hinter Dir gesessen und wie immer alles genau registriert.«

»Wie bitte?«

Frieder springt elektrisiert auf.

»Dann muss ich ihn doch kennen. Sie haben nicht zufällig ein Foto dabei?«

»In meiner Laube liegt ein ganzes Album. Das kann ich Dir gern mal zeigen. Aber vielleicht, ich glaube, ein Bild habe ich sogar hier.«

Henner nestelt das Portemonnaie aus der Hosentasche.

»Da ist es«, triumphiert er nach kurzer Suche. »Kalle, Hubert und ich beim Kanureinigen. Das war vor ein paar Jahren am Bootsverleih an der Handfähre über den Kleinen Lutzin.«

Er reicht dem Jungen das Foto.

Frieder traut seinen Augen nicht.

»Das ist mein Großvater? Der saß in der Halle immer schräg hinter mir. Bei uns in Block 204 tummeln sich viele Rentner. Die meisten kommen in der Gruppe, viele auch zu zweit mit ihren Frauen. Nur der da«, er tippt aufgeregt auf das Foto, »diese lange Bohnenstange mit den großen blauen Augen, der kam immer allein. Und stakte in der Halbzeitpause wie ein Storch auf der Suche nach dem Frosch durch die Gänge der Mercedes-Benz Arena. Ich spürte, dass mit ihm was nicht stimmte. Der druckste immer so rum, war nie richtig im Flow. Aber ich mochte ihn, vielleicht gerade deshalb. Das war ein starker Typ, der sich nicht durch Fanschals oder Alba-Trikots zum Affen machte.«

Strahlend reicht Frieder das Foto zurück.

»Wie geil ist denn das? Mein Großvater kein Phantom, sondern ein lebendiger Mensch. Und für mich live und in Farbe. Jetzt kann ich mich wenigstens an ihn erinnern.«

Der Junge pustet durch.

»Wenn Sie mir jetzt noch seine Laube zeigen?«

»Mit Vergnügen. Und eine kostenlose Führung durch die Siedlung gibt es obendrauf.«

Die beiden ziehen los.

»Früher war hier ja mehr los«, erläutert der Gartenfreund. »Schau Dir da drüben bloß den ›Bunker‹ an. Das war mal ein florierendes Gartenlokal. Jedes Wochenende ging die Post ab. Doch diese Zeiten sind längst vorbei. Nun gammelt die große Bude seit zwei Jahren vor sich hin. Es findet sich einfach kein neuer Pächter. Der letzte kriegte nicht mal die Unkosten rein. Die Leute haben die Lust am Feiern verloren, jedenfalls in der Gemeinschaft. Viele schotten sich ab, ziehen sich auf die eigene Scholle zurück und schlürfen ihr Bier oder die Erdbeerbowle im Stillen allein. Oder bestenfalls zusammen mit ein paar handverlesenen Nachbarn. Auch die internen Kaffeekränzchen der Frauen funktionieren noch.«

Ein paar Ecken weiter bleibt Henner stehen.

»So, mein Junge, hier war das Reich Deines Großvaters.«

Der Laubenpieper zeigt auf eine Parzelle, die weniger einem Garten, als einer Baustelle gleicht. Überall türmen sich Bruchsteine auf, dazwischen kleine Kraterlandschaften übersät von bunten Spielsachen. Sie wechseln sich mit von Kinderhand durchtunnelten Erdhügeln ab.

»Wie Du siehst, ist vom Garten Deines Großvaters nicht viel übrig geblieben. Die Nachfolger sind begeisterte Ökos und toben sich auf ihre Weise aus«, erläutert der Fachmann. »Ich denke, Kalle hätte das sehr gefallen, auch wenn seine geliebten Gemüsebeete dabei auf der Strecke geblieben sind.«

8

»Das glaube ich jetzt nicht«, schüttelt Nils entsetzt den Kopf.

»Du willst uns wohl verarschen«, schnaubt Tibor.

»Keine Bohne«, versichert Frieder, »mein Großvater saß mir bei Alba ständig im Nacken und registrierte jeden Wimpernschlag.«

»Ein klarer Fall für die Psychiatrie«, ist sich Tibor sicher.

»Oder für den Verfassungsschutz«, ergänzt Nils. »Das sind Stasimethoden. Genau wie das mit der Abhöranlage im Taxi. Auf so was kann nur ein geschulter Maulwurf kommen.«

»Nun mal halblang, Leute. Ich kann Eure Abscheu voll verstehen. War zu Anfang genauso drauf wie ihr. Dann habe ich angefangen zu denken.«

»Denken kann nie schaden«, quakt Tibor dazwischen.

»Überlegt doch mal. Kein Mensch lässt aus Daffke eine Traumkarriere bei Schering sausen, um Taxifahrer zu werden. Niemand tauscht ohne Grund den Premiumplatz in einer Familie mit Frau, Kind und Haus gegen das Einsiedlerleben in einer klapprigen Laube ohne Strom und fließend Wasser. Da steckt doch was dahinter.«

»Bestimmt«, pflichtet Nils ihm bei.

»Natürlich war die Stalkingnummer voll daneben. Doch seine Kumpels sagen, Opa sei ein echt cooler Typ gewesen. Kein bisschen böse oder gemein. Auch bei Alba in der Halle war er mir durchaus sympathisch. Was ist, wenn er am Ende gar kein übler Spanner war? Vielleicht hat er es ja gut mit mir gemeint und ich habe es nur nicht geschnallt. Mit Euren blöden Blitzmerkersprüchen passt das alles nicht zusammen.«

»Treffer«, stichelt Tibor, »und wer hat jetzt recht, die alten Knacker oder wir?«

»Das kann ich noch nicht sagen«, räumt Frieder ein, »aber ich finde es heraus. Und wenn ich zu Fuß bis China laufen muss.«

»Heißt das, Du nimmst die Erbschaft an?«

»Ja. Was bleibt mir anderes übrig? Ich muss an das bescheuerte Bankschließfach ran. Im Moment ist es meine einzige heiße Spur.«

9

Auf Helmut Ossenbühl ist Verlass. Als der Rechtsanwalt am 8. August 2018 um 15 Uhr Frieder bittet, in seinem Büro am Schreibtisch Platz zu nehmen, liegen alle Unterlagen zur Übergabe bereit.

»Gut sehen Sie aus, Herr Göhlen, braungebrannt«, eröffnet er das Gespräch, »als seien Sie frisch dem Schlachtensee entstiegen.«

»Heute war es die Krumme Lanke«, erwidert Frieder, »bei dieser Gluthitze bleibt einem nichts anderes übrig. Ich hänge dort fast täglich mit meinen Kumpels ab.«

»Das glaube ich unbesehen«, lächelt der Anwalt, »ich will Sie auch nicht lange in Anspruch nehmen. Aber das hier ist wichtig.« Er zeigt auf das erste vor ihm liegende Dokument. »Das ist der Erbschein. Die Beamten vom Nachlassgericht haben sich dem Jahrhundertsommer entgegengestemmt und es sich trotz der in der Urlaubszeit ausgedünnten Personaldecke nicht nehmen lassen, ihn rasch auszustellen. Da haben sich meine guten Kontakte ausgezahlt. Mit dem Depotvertrag und dem Depotschlüssel Ihres Großvaters, der Jurist hält beides hoch, kommen Sie nun an das Bankschließfach heran. Vereinbaren Sie einen Termin mit der Raiffeisenbank in Schöneberg. Adresse und Telefonnummer finden Sie im Vertrag. Und vergessen Sie Ihren Personalausweis nicht. Den Fahrzeugbrief und den Fahrzeugschein Ihres Taxis habe ich hier. Auch die händige ich Ihnen aus. Die Wagenpapiere können Sie bei der Zulassungsstelle unter Vorlage des Erbscheins auf Ihren Namen umschreiben lassen. Oder Sie legen sie beim Verkauf des Fahrzeugs dem Käufer vor.«

»Das schaffe ich«, antwortet der Junge. »Danke für Ihre Mühe.«

»Keine Ursache, dafür bin ich da. Die letzte bürokratische Hürde, die Sie noch zu nehmen haben, baut demnächst das Finanzamt für Sie auf. Die schicken Ihnen von Amts wegen eine Erbschaftssteuererklärung. Die müssen Sie ausfüllen und fristgerecht zurücksenden. Unter normalen Umständen ist das ein Klacks. Sie tragen den Schätzwert des Taxis in das Formular ein und fügen eine Aufstellung der Dinge bei, die Sie beim Öffnen des Bankschließfachs vorfinden. Dann ist die Sache erledigt. Ich gehe davon aus, dass Sie aufgrund des Ihnen zustehenden Freibetrages keine Erbschaftssteuer zu zahlen haben. Allerdings lässt sich das bei einem Depot nie sicher sagen. Ihr Großvater hat mir trotz meiner Nachfrage über den Inhalt keinerlei

Andeutungen gemacht. Sollten Sie also wider Erwarten auf die Britischen Kronjuwelen oder eine mit großen Scheinen vollgestopfte Kassette mit Schwarzgeld aus der Schweiz stoßen, bewahren Sie bitte klaren Kopf. Machen Sie das Bankschließfach zu und kommen Sie zu mir. Dann finden wir gemeinsam eine Lösung. Ansonsten wüsste ich nicht, wie ich Ihnen noch behilflich sein kann.«

Der Anwalt steht auf, geht auf den Jungen zu und schüttelt ihm lange und herzlich die Hand.

»Viel Glück, Herr Göhlen. Es hat mich aufrichtig gefreut.«

10

Gut, dass es mit dem Termin bei der Bank so schnell geklappt hat. Die freundliche Dame am Tresen bittet Frieder um einen Augenblick Geduld, als er sich am 15. August 2018 bei ihr vorstellt. Vorsichtshalber hat er sich in seinen feinen Zwirn geworfen.

»Der Kollege Wagner aus dem Backoffice wird sich sofort um Sie kümmern.«

Die Dame verweist auf eine kleine Sitzecke.

»Bitte nehmen Sie für einen Augenblick Platz.«

Der Avisierte lässt nicht lange auf sich warten. Er geleitet Frieder höflich in sein Büro und bietet ihm einen Platz und ein Glas Wasser an. Nach Klärung der Formalien, es wird sogar ein eigenes Besichtigungsprotokoll erstellt, fordert der Banker den Jungen auf, ihm in den Tresorraum zu folgen.

»Dieser befindet sich im Keller. Sie werden das aus schlechten Krimis schon kennen. Wenn Sie gestatten, gehe ich einmal vor.«

Zunächst laufen sie eine Treppe hinunter. Dann

gelangen sie über diverse Flure nach Passieren zweier dicker Panzerstahltüren in einen von Neonlampen beleuchteten fensterlosen Raum. In der Mitte ein Tisch mit zwei Stühlen, ringsherum an den Wänden lauter Bankschließfächer. Vor dem Schließfach mit der Nr. 1942 macht Herr Wagner Halt.

»Bitte stecken Sie Ihren Schlüssel in das linke Schloss und drehen Sie ihn zweimal im Uhrzeigersinn nach rechts. Ich werde parallel mit dem Zweitschlüssel der Bank das rechte Schloss öffnen.«

Die Tür springt auf, der Banker zieht eine Metallkassette hervor und legte sie vorsichtig auf der Tischplatte ab.

»Nun lasse ich Sie allein«, erläutert er. »Nehmen Sie sich die Zeit, die Sie brauchen, um den Inhalt zu sichten und die Dinge zu entnehmen, die Ihnen wichtig sind. Wenn Sie fertig sind, drücken Sie bitte den Klingelknopf neben der Tür. Dann bin ich schnell wieder da und wir legen die Kassette in das Schließfach zurück.«

»Danke.«

Mehr bringt Frieder nicht über die Lippen. Sein Herz hämmert bis zum Hals. Und die Hände kleben voller Schweiß. Jetzt schlägt die Stunde der Wahrheit.

Er setzt sich und klappt den Deckel der Kassette auf. Zum Vorschein kommt ein Pappkarton. In ihm befinden sich, sauber aufgereiht und durchnummeriert, zwölf Tonbandkassetten. Sie passen, wie Frieder sofort erfasst, zum Kassettenrekorder des Taxis.

»Da ist es also, das Abhörmaterial.«

Dann studiert er die Übersicht, die er nach dem

Karton aus der Metallkassette zieht. Dort sind auf drei sauber getippten Seiten zwölf Daten aufgelistet, jeweils um eine Kurzbeschreibung von Personen ergänzt. Der Junge überfliegt die Liste. Ein Politiker ist darunter, ein Strafgefangener, eine Schamanin, ein Wissenschaftler, eine Lehrerin. Es kann sich nur um die mutmaßlichen Abhöropfer handeln. Die Aufstellung ist in drei Abschnitte unterteilt:

I. Freiheit oder Beliebigkeit (Ziff. 1 - 3),
II. Eine neue Kultur des Teilens (Ziff. 4 - 7),
III. Woher kommt die Kraft? (Ziff. 8 - 12).

Offenkundig beziehen sich die Ziffern der Liste auf die Nummern der Kassetten – jedes Tonband ein aufgezeichnetes Gespräch.

Unter der Liste taucht ein verschlossener Briefumschlag auf. Auf ihm steht: ›Was ich Dir noch sagen wollte‹. Vorsichtig tastet Frieder den Umschlag ab. Es fühlt sich an, als stecke in ihm eine weitere Kassette.

»Immerhin«, freut sich der Junge, »wenigstens eine persönliche Botschaft des Alten an mich.«

Darunter liegt eine 1-Euro-Münze.

»Der Euro ist wohl ein schlechter Witz. Wenn mir mein Opa schon kein Vermögen hinterlässt, hätte er sich den auch getrost verkneifen können.«

Das war's. Der Junge zieht einen Jutebeutel aus der Brusttasche seines Jacketts und stopft den Inhalt des Schließfachs hinein. Dann steht er auf und klingelt den Bankangestellten herbei.

11

Keine 48 Stunden später schellt es bei Hubert Altmann an der Tür.

»Wer da?«, blafft der Taxiunternehmer in die Sprechanlage.

»Hier ist Frieder Göhlen«, schallt es zurück, »ich muss mal dringend an mein Taxi.«

»Wenigstens einer, der mich aus meiner Saunalandschaft befreit. Ich ziehe mir rasch den Scheitel und bin in drei Minuten bei Dir.«

Kurz darauf geht die Haustür auf und Hubert steht da in seiner vollen Pracht: Badelatschen, Tennissocken, schrill bedruckte Bahamashorts, Feinrippunterhemd.

»Diese Hitze bringt mich um«, schnauft er. »Gut, dass Du einen alten Mann nicht seinem traurigen Schicksal überlässt.«

»Warum sollte ich das tun«, entgegnet Frieder grinsend. »Die Kontakte zu seinen Geschäftspartnern muss man bei jeder Wetterlage pflegen. Erst recht, wenn diese den Autoschlüssel für einen verwalten.«

»Bravo. Jetzt sag' nur noch, Du hast auf die Schnelle den Taxiführerschein gemacht. Ich nehme Dich sofort unter Vertrag.«

»Nein. Das könnte Ihnen so passen. Heute komme ich wegen des Kassettenrekorders. Unser genialer Schlapphut hat mir brisantes Abhörmaterial zugespielt, das es zu sichten gilt. Die eingesetzte Technik ist längst nicht mehr auf dem Markt. Also muss ich auf die Altbestände zurückgreifen.«

»Na, dann wollen wir mal«, schmunzelt der

Unternehmer, »Du nimmst die Dinge sportlich.«

»Was bleibt mir anderes übrig«, erwidert der Junge.

Er folgt dem alten Mann ins Büro.

»Sie ahnen nicht, was bei mir zuhause gerade abgeht. Meine Mutter flippte vollkommen aus, als ich ihr den Inhalt des Banksafes unter die Nase hielt. Eine bodenlose Frechheit, gemein, hinterhältig, boshaft, was sich ihr Vater da mit uns erlaube. So von der Rolle habe ich die Frau noch nie erlebt.«

»Mann, oh Mann«, Hubert sieht den Jungen bekümmert an, »dann steckst Du also mitten zwischen Baum und Borke.«

»Genau. Opa spielt mit mir Verstecken, Mutter verdirbt uns das Spiel. Habe schon überlegt, mir einen Strick zu nehmen. Zum Glück fiel mir gerade noch rechtzeitig ein, dass ich die Sache auch mit Humor betrachten kann. Habe mich für Letzteres entschieden.«

»So jung und schon so weise.«

Hubert klopft dem Jungen auf die Schulter.

»Humor ist eine wunderbare Medizin. Vor allem, wenn man sich selber dabei auf die Schippe nimmt.«

Hubert greift den Taxischlüssel vom Brett. Dann robbt er sich aus dem Fahrerraum zurück ins Büro. An der Tür zum Hinterhof bleibt er stehen.

»Bis hierher und nicht weiter. Nach draußen kriegen mich heute keine drei Pferde. Hier hast Du den Schlüssel. Und gib Laut, wenn Du für die Bergung des Aufzeichnungsgerätes Werkzeug brauchst.«

Frieder läuft los.

»Pass gut auf Deine Flossen auf«, ruft der Alte ihm nach, »die Kiste hat seit Wochen keinen Schatten

mehr gesehen. Auf den Armaturen und den Leder-
sitzen kannst du jetzt Spiegeleier braten.«

Frieder wendet sich kurz um.

»Danke für die Aufmunterung. Ich kann sie
gebrauchen.«

Er öffnet die Fahrertür. Ein Schwall heißer Luft
weht ihm entgegen. Doch davon lässt er sich nicht
beirren. Frieder spürt den Blick des Taxiunternehmers im Rücken. Vor dem Alten möchte er sich
keine Blöße geben. Den Schweißausbruch igno-
rierend schiebt er den Fahrersitz soweit es geht
nach hinten. Der Rekorder taucht auf. Er lässt sich
leicht aus der Klemmbefestigung entfernen. Noch
schnell die Mikrofonverbindungen gekappt, fertig. Stolz zieht sich der Junge aus dem Auto zurück und verriegelt die Tür.

»Läuft doch«, schallt es ihm über den Hof entgegen, »komm rein, Du hast Dir 'ne anständige Er-
frischung verdient.«

Als Frieder das Taxibüro betritt, strahlt ihn auf
dem Tisch eine kühle Apfelschorle an. Hubert
winkt ihn generös zu sich.

»Setz' Dich, mein Freund. Abhöranlage gesi-
chert. Was hast Du sonst noch auf dem Herzen?«

Frieder nimmt einen kräftigen Schluck von der
Schorle.

»Es gibt da eine Liste, aus der werde ich nicht
schlau.«

Er kramt ein paar zusammengefaltete Blätter aus
der Hosentasche, streicht sie glatt und übergibt sie
dem Unternehmer.

»Die Übersicht stammt aus dem Bankschließfach meines Großvaters. Sie nimmt in ihrer Glie-
derung Bezug auf zwölf Kassettenaufnahmen,

die offensichtlich aus dem Taxi stammen. Ich werde sie mit Hilfe des Rekorders ans Sprechen bringen. Doch mit der Aufstellung komme ich nicht klar. Insbesondere die Kapitelüberschriften bereiten mir Kopfzerbrechen. Können Sie etwas damit anfangen?«

»Das mit dem Siezen kannst Du Dir mal kneifen. Ich heiße Hubert und werfe augenblicklich meine grauen Gehirnzellen an.«

Der Alte studiert die Übersicht, blättert zurück, blättert nach vorn, kratzt sich den Kopf, schaut wieder in die Papiere und legt sie endlich beiseite.

»Wenn Du mich fragst, mein Freund, dann sind dem guten Kalle hier alle philosophischen Sicherungen auf einmal durchgebrannt. Manchmal hatte er so einen Rappel. Da quoll es förmlich aus ihm heraus und er war in seinen Geistesblitzen nicht mehr zu stoppen. Dein Opa brachte es glatt fertig, an einem Tag den Goethe zu mimen. Da wollte er wissen, was die Welt im Innersten zusammenhält. Am nächsten Tag piesackte er sich und uns mit der Frage, wie denn die Farbe ins Leben kommt und wie Lebendigkeit entsteht. Herrgott, was weiß denn ich? Doch das hier«, er zeigt auf die Liste, »schlägt dem Fass den Boden aus. Freiheit – Gerechtigkeit – Transzendenz. In der Magie dieses Dreiecks spiegelt sich die Wahrheit aller Existenz.«

Amüsiert betrachtet Hubert den Jungen.

»Nun schau mal nicht so bedröppelt drein, Kollege. Der letzte Satz war von mir, habe ihn kurz mal rausgehauen, um Deine Reaktion zu testen. Für Normalsterbliche übersetzt lautet er ganz schlicht ›Mensch bleiben‹. Das gilt vor allem für

Dich. Lass Dich durch Kalles große Überschriften nicht ins Bockshorn jagen. Auch Dein Opa hat Zeit seines Lebens nur mit Wasser gekocht.«

»Mit dem Thema ›Freiheit‹ haben mich die Lehrer schon in der Schule genervt. ›Freiheit wozu‹ statt ›Freiheit wovon‹. Begriffen habe ich das nie.«

»Dann bist Du genauso ein Spätzünder wie Dein Opa.«

Der Taxiunternehmer kommt langsam in Fahrt.

»Der raffte während des Studiums gar nichts. Und fühlte sich dementsprechend auch für nichts verantwortlich. Weshalb ging uns Achtundsechzigern das Nachtränen der alten Nazizeit denn so tierisch auf den Sack? Warum bewegten wir unsere Hintern? Weil wir es besser machen wollten als unsere sprachlosen Väter mit ihren blutbeschmierten Fingern. Also rockten wir die Republik. Dein Opa stand daneben und hielt sich die Ohren zu.«

Der Taxifahrer sieht Frieder prüfend an.

»Wofür gehst Du eigentlich auf die Straße, mein Freund?«

»Weiß nicht, vielleicht Klimaschutz?«

»Der hat es bitter nötig. Also trödele nicht lange und gib Gas.«

»Ist es das, was mein Großvater mit seiner ›Neuen Kultur des Teilens‹ meint?«, lenkt der Junge zur nächsten Frage über.

»Die Bewahrung der Schöpfung steht bestimmt auch auf Kalles Agenda. Der war ja immer so ein Waldschrat. Aber wie ich ihn kenne, hat der noch ein paar andere Pfeile im Köcher.«

Der Alte nimmt sein Wasserglas und trinkt es in großen Zügen leer.

»Da steht mir wohl noch einiges bevor«, seufzt Frieder. »Wie finde ich dafür die Kraft?«

»Das ist spiritueller Kram. Mit dem kannst Du mich jagen. Ich bin und bleibe überzeugter Materialist.«

Hubert lacht.

»Vielleicht quatschst Du mal den Henner an. Der ist auch so ein Feingeist. Wenn Kalle und er anfingen zu philosophieren, wurde für mich die Luft immer sehr schnell ganz dünn.«

12

»Das lasse ich mir nicht länger bieten«, blafft eine sichtlich angefressene Mutter ins Telefon. »Erst lungerst Du mit Deinen Freunden wochenlang an der Krummen Lanke herum oder am Schlachtensee oder wo immer Ihr Euch rumgetrieben habt. Aber zuhause lässt Du Dich nicht blicken. Ein, zwei Pflichtanrufe und dann ist nach drei Sätzen wieder Schluss.«

»Tut mir leid, Mama.«

»Dass ich Dich überhaupt mal an die Strippe kriege, grenzt an ein Wunder.«

»Ich habe im Moment echt viel zu tun.«

»Erzähl' mir nicht, Du ackerst für Dein Studium.«

»Nein, ich ziehe mir einige von Großvaters Kassetten rein.«

»Ich wusste es. Diese unselige Erbschaft bringt Dich noch vollkommen um den Verstand.«

»Ganz im Gegenteil. Selten war ich so klar im Kopf. Meinst Du, mir macht das Spaß? Kassette starten, stoppen, einen Satz aufschreiben, zurückspulen, kontrollieren, nächster Satz und stundenlang so weiter? Ich habe jetzt fast eine Woche geastet und erst drei von den Dingern geknackt. Das ist ein Knochenjob. Aber es ist wichtig. Ich glaube, es ist auch wichtig für Dich. Lies einfach mal das Zeug. Dann weißt Du, wovon ich rede.«

»Das kommt überhaupt nicht in die Tüte. Mit Opa bin ich fertig.«

»Siehst Du. Das ist genau das, was ich meine. Du jammerst herum, wie ein trotziges Kind.«

»Ist es wirklich so schlimm?«

»Es ist noch schlimmer. Natürlich war Opas Outing kurz nach dem Tod eine Katastrophe für uns beide. Natürlich können wir uns fragen, ob er uns die Wahrheit besser erspart hätte. Sie gibt uns die verlorenen Jahre nicht zurück. Aber jetzt liegen die Karten auf dem Tisch. Und es bringt überhaupt nichts, die Augen davor zu verschließen.«

»Vielleicht hast Du recht.«

»Ich glaube schon. Zum Glück stehen wir nicht mit leeren Händen da. Opa hat Dir einen Brief geschrieben. Mir hat er die Kassetten vermacht. Er hat sich bei der ganzen Sache also offenkundig was gedacht.«

»Hast Du mich noch lieb, mein Junge?«

»Natürlich Mama, das weißt Du doch. Wir waren schon immer ein gutes Team. Daran ändert der Ärger über Opas Erbschaft nichts.«

II. FREIHEIT ODER BELIEBIGKEIT

1

Kassette Nr. 1
Donnerstag, 14. Juni 2012

Strafgefangener, Ende 20, schwarzes, glatt zurück-
gekämmtes gegeltes Haar, Dreitagebart, Sonnenbrille, Kaugummi kauend, ca. 1,85 groß, mus-
kelbepackt, weiße Sneaker, offene Schnürsenkel,
schwarze Jeans, schwarzer Gürtel mit goldener
Spange, schwarzes T-Shirt, schwarze Daunenja-
cke, Goldkettchen um den Hals, kräftige Hände mit
tätowierten Fingern, betont lässiger federnder
Gang, Edelmarken-Sporttasche

Hallo Meister, pass mal auf. Du fährst mich jetzt
ganz gepflegt über den Ku'damm, so richtig schön
zum Genießen.
Wird gemacht. Willst wohl was mitkriegen von
der freien Welt?
Bingo. 4 Jahre, 9 Monate, 28 Tage gesiebte Luft. Da
kommt ein Tapetenwechsel ziemlich gut.
Glaube ich sofort.
So lange hatten die mich noch nie am Kanthaken.
Vom Gitterhotel habe ich vorerst die Nase voll.
Würde nicht gern mit Dir tauschen. Was macht
man eigentlich gegen das Durchdrehen im Knast?
Hacken zusammenschlagen und Augen zu. Am
Krassesten ist der Anfang. Du musst dich an die
Arschlöcher von Grünhemden erst wieder gewöh-
nen. Bist noch gereizt wie ein Tiger und gehst wegen
jedem Scheiß die Wände hoch.

Kann ich mir denken.

Schiebst ja noch Frust über das Einrücken. Und dann musst du wieder rein in die Routine. 6 Uhr Wecken, 6.40 Uhr Arbeitsbeginn, 15.45 Uhr Feierabend, dazwischen eine halbe Stunde Mittagspause auf der Zelle, nach der Arbeit Freistunde, zweimal in der Woche Sport, Muckibude, 18 Uhr bis 19 Uhr Aufschluss, um was zu regeln mit den anderen Jungs, 19 Uhr Einschluss, Ende Gelände. Nachtruhe bis morgens um 6.

Klingt ziemlich eintönig.

Das ist zäh wie Leder. Aber da musst du durch. Am Schlimmsten sind die Abende. Gerade im Sommer, wenn es lange hell ist und die Brüder in den Zellen ihre Radios hochfahren. Da hörst du im Innenhof jeden Ton. Kannst noch nicht mal pennen.

Wird es dir im Knast nicht langweilig?

Aber hallo. Dann wird es gefährlich. Plötzlich sehnst du dich nach draußen. Träumst von 'nem lauschigen Abend am Meer mit 'ner scharfen Braut im Arm. Oder von 'nem coolen Grillnachmittag im Tiergarten und 'ner feinen Flasche Bier. Oder mit den Kumpels im Kiez einfach mal 'ne Runde abhängen. Das macht dich kaputt. Dann wird die Birne weich und du könntest anfangen zu heulen. Kannst du aber nicht bringen. Sonst hast du bei den anderen verschissen, von wegen Muttersöhnchen und so.

Wie kriegst du das geregelt?

Ich rede mir ein, dass der Knast auch seine Vorteile hat. Du musst dich um nichts kümmern. Das Essen steht immer pünktlich auf dem Tisch. Kannst dir so viel reinpansen wie du willst. Klar hat der Koch manchmal einen schlechten Tag. Dann lässte die Pampe eben stehen. Verhungert ist hier noch niemand. Frische Wäsche gibt es jeden Freitag. Dreimal in der Woche kannst du warm duschen. Wenn du krank schiebst, kommst du zum Doc aufs Revier.

Das ist in der Tat nicht übel. Ich kenne ein paar Berber vom Bahnhof Zoo, die wären neidisch, wenn sie so was hätten. Würden sofort mit Dir tauschen. Aber drinnen ist bestimmt auch nicht alles Gold, was glänzt. Hast Du keine Angst, im Knast zu verblöden?

Na klar. Wer hat die nicht? Hier wird dir das Denken systematisch abtrainiert. Die Aufseher wollen ihre Ruhe haben. Wenn du querschießt, hast du sofort die Trachtengruppe am Hals. Die Idioten filzen deine Bude oder streichen dir mal eben die Besuchszeiten zusammen. Reine Schikane. Da musste durch. Arschbacken zusammenkneifen, den Pappkameraden fröhlich ins Gesicht grinsen. Das sind doch alles arme Schweine. Die raffen nichts. Null Peilung, was gerade Phase ist.

Heißt das, ihr Knackis macht euer eigenes Ding?

Aber hallo. Die Haftordnung kannst du dir in den Hintern stecken. Du hast hier nur eine Wahl: Entweder machst du mit deinen Kumpels Party und ihr mischt gemeinsam die Bude auf. Oder du ziehst dich zurück, versuchst dein eigenes Ding und fährst es voll vor den Baum. Dann gehst du vor die Hunde, wie die Warmduscher, die Klugscheißer, die Zinker. Für die ist der Knast die Hölle.

Wie das?

Ey, Alter, bist Du doof oder was? Was meinst Du, wer hier alles sitzt? Das sind zum Teil ganz ausgebuffte Typen. Die stecken ihre Claims ab und überwachen genau ihr Revier. Die verstehen keinen Spaß.

Wenn du einem von denen ans Bein pinkelst, kriegst du Ärger. So schnell kannst du gar nicht gucken.

Aber die großen Bosse werden sich doch wegen einer kleinen Wurst wie dir nicht die Finger schmutzig machen.

Natürlich nicht. Die leben wie die Paschas. Für die Drecksarbeit haben die ihre Leute. In jedem Haus, auf jedem Flur gibt es Mittel- und Unterbosse. Die wissen, wie man es macht. Und es gibt Leute, die dafür sorgen, dass die anderen das auch merken.

Beispiel?

Ohne Drogen keine Party. Die Oberbosse regeln, wann welcher Stoff in den Knast kommt. Wenn das Zeug drin ist, wird es auf die Häuser verteilt und die Läufer verticken es an die Abnehmer.

Womit wird bezahlt?

Die Knastwährung sind Bomben und Packs, also Kaffee und Tabak. Wenn du die nicht pünktlich auftreibst, hast du ein Problem.

Wie wird das gelöst?

Plötzlich finden die beim Filzen was auf der Stube, was dir gar nicht gehört. Oder es sind Sachen aus deiner Zelle verschwunden, die vorhin noch da waren. Manch einer rutscht beim Duschen auf der Seife aus oder fängt sich während des Aufschlusses ein Veilchenauge ein.

Da kannst du gar nichts gegen machen?

Doch. Wenn dir einer blöd kommt, haust du ihm einen in die Fresse. Oder besser zwei. Wer sich hier nicht wehrt, wird durchgereicht. Das ist das Erste, was das Frischfleisch bei uns lernt. Wer das nicht kapiert, findet sich als persönlicher Sklave wieder. Oder er macht mal eben für andere die Hose auf.

Ganz schön brutal.

Man gewöhnt sich dran. Ist ja eigentlich auch nichts anderes als draußen.

Ein paar Unterschiede fallen mir schon noch ein. Aber in einem Punkte gebe ich Dir recht. Der Alltag draußen ist für viele ähnlich hart. Da klingelt auch morgens um 6 der Wecker. Dann springen sie auf, ob sie Lust haben oder nicht, und hetzen durch die Etappe. Am Abend wissen sie nicht, wo ihnen der Kopf steht. So fertig sind sie nach dem Job und ausgequetscht wie eine Zitrone. Dann greifen sie zum iPad oder zur Fernbedienung und ballern die innere Leere mit einem Computerspiel oder einer Netflixserie weg … (Pause).

So, Kollege. Wir steuern schnurstracks auf den Breitscheidplatz zu. Wie geht's denn nun weiter?

Ich glaube, wir müssen mal rüber zum Potsdamer Platz und von dort am besten zum Alex. Mal sehen, ob da noch alles steht.

Wie ist denn Dein Plan für draußen?

Weiß nicht. Da muss ich mit den Kumpels drüber sprechen.

Wie bitte? Willst Du etwa da wieder anfangen, wo Du vor dem Knast aufgehört hast?

Reg' Dich ab, Bruder. Auf mich wartet hier draußen doch niemand. Die feine Gesellschaft macht um Leute wie mich einen großen Bogen. Bei denen habe ich für alle Zeiten verschissen.

So pauschal würde ich das nicht sagen. Klar möchten alle zu den Reichen und Schönen gehören, Vorzeigekarriere, Nobelkarosse und Superfrau inklusive. Ein abgekratzter Ex-Knasti würde dieses schöne Bild sicherlich trüben.

Sag' ich doch. Die wollen mich nicht. Wenn ich

bei denen aufkreuze, fahren die ihre Ellenbogen raus und machen mich platt. Da lobe ich mir den Bau.

Im Knast fängst du zwar bei null an, kannst aber im System Karriere machen. Weil nur die aktuelle Performance zählt. In der Freiheit scheiden sich bereits beim Blick in das Strafregister die Geister.

Sag' ich doch. Die wollen mich nicht. Ich habe verkackt. Ich bin ein Looser.

Das habe ich nicht gesagt. Und das glaube ich auch nicht.

Willst Du mich verarschen?

Keineswegs. Stell' Dir vor, Du zögest hier draußen Dein eigenes Ding durch. Ganz konsequent und ohne mit der Wimper zu zucken. Brauchtest keine dicke Backe mehr, um anderen zu imponieren. Legtest keine bella figura auf für die Galerie. Du tätest alles nur für Dich. Wie fühlt sich das an?

Das wäre mal was Neues.

Hättest Du Lust, es auszuprobieren?

Warum nicht? Aber ich glaube nicht, dass es klappt.

Wieso nicht? Du bist doch ein freier Vogel und kannst machen was Du willst.

Das schon. Aber was soll ich denn wollen?

Das musst Du selbst herausfinden.

Tolle Wurst. Und wie mache ich das?

Ich kenne im Fläming einen Schrank von Mann. Der betreibt dort eine Baumschule und hat für Leute Platz, die nicht lange rumschwafeln. Die müssen die Ärmel hochkrempeln und kräftig in die Hände spucken. Echte Männer, die zu ihrem Wort stehen und auf die er sich verlassen kann.

Was springt für mich dabei raus?

Von der Schufterei wirst Du nicht reich. Und

abends auf dem Dorf ist es ähnlich öde wie im Knast.

Warum sollte ich das also machen?

Weil Du Dich dabei kennenlernst.

Du redest in Rätseln, bro.

Dann mal im Klartext: Wenn Du im nebligen November bei knapp über Null knöcheltief in der Matsche steckst, während Dein Kollege auf dem Schaufellader eine zwanzigjährige Eiche in den Boden versenkt, wirst Du vielleicht schäumen vor Wut. Das wäre gut. Denn dann könntest Du Dich fragen, woher diese Wut kommt. Ist es, weil Du zu faul bist und überhaupt keinen Bock auf so ein gottverdammtes Himmelfahrtskommando hast? Oder weil Deine Muckis nicht ausreichen, den Jutesack, der um den Wurzelballen gewickelt ist, vorneweg alleine zu entfernen? Warum fällt es Dir so schwer, den Kumpel um Hilfe zu bitten? Vielleicht hast Du ja auch nasse Füße, bibberst vor Kälte und brauchst dringend eine trockene Regenjacke und einen Becher Kaffee aus der Thermoskanne. Wer weiß? Es könnte ja durchaus sein, dass Dir die Arbeit gefällt. Dann könntest Du Dich fragen, warum das so ist. Vielleicht lässt Du gerne mal die Sau raus und freust Dich, wie ein kleines Kind, im Modder zu suhlen. Es könnte Dir gefallen, Dich als wirksam zu erweisen und den Respekt der Kollegen einzuheimsen. Vielleicht passt auch der Baum genau an dieser Stelle so wunderbar in die Landschaft. Und Du freust dich, dass er hier im nächsten Jahr Wurzeln schlägt.

Lass stecken, Alter, von so 'ner Psycho-Kacke hatte ich schon im Knast genug! Halt dahinten beim Späti an. Ich muss mir erst mal einen löten.

Wie Du willst. Du kannst auch eine Nacht darüber schlafen. Hier ist meine Visitenkarte. Entweder Du rufst mich an und ich spanne Dich mit dem Gärtner zusammen. Oder Du schmeißt die Karte weg und die Sache ist für mich erledigt. Die Entscheidung liegt bei Dir.

2

Kassette Nr. 2
Dienstag, 28. August 1990

Junger Mann, Mitte 30, Beamter aus Nordrhein-Westfalen, braunes Haar, schmales Gesicht, blaue Augen, Lachfalten, wacher offener Blick, ca. 1,78 m groß, schlank, um die 65 kg, taubenblauer Anzug, die Hose müsste dringend mal wieder gebügelt werden, oberflächlich geputzte Schuhe, hellbrauner Schulranzen aus glattem Wildleder mit aufgesetzten Schnallen

Bitte fahren Sie mich in die Heinrich-Mann-Allee 107 nach Potsdam.
Potsdam? Liegt das nicht kurz vor Moskau am anderen Ende der Welt?
Nur für die, die noch nach der alten politischen Landkarte navigieren. Potsdam liegt jetzt nicht mehr im Osten, sondern im Westen, genauer gesagt im Südwesten von Berlin.
Wie kommen wir da hin?
Sie fahren zur Glienicker Brücke und ab dort übernehme ich das Kommando.
Okay. Bis zur Glienicker Brücke kenne ich mich aus. Sie war für mich Hotspot des Kalten Krieges

mit ihren Agententhrillern und spektakulären Häftlingsaustauschen.

Das war so bis zum 10. November des vergangenen Jahres. Dann fiel auch hier die Mauer. Ich war vor der Wende dort, 1987, im letzten Zipfel Westberlins, von der Wehmut angespült. Ich blickte vom Kasino im Glienicker Schlosspark über die Havel. Mauern und Sperranlagen, soweit das Auge reichte. Im Hintergrund Hochhäuser, die zu Potsdam gehörten, zum Greifen nahe und für mich doch so unerreichbar fern. Ich dachte, ich würde es nie mehr in meinem Leben bis dorthin schaffen. Jetzt fahren wir, wenn es keinen Stau gibt, in einer halben Stunde über die Brücke, ohne Passierschein, ohne Passkontrolle, als sei es das Normalste von der Welt. Ich bekomme eine Gänsehaut, wenn ich nur daran denke.

Was meinen Sie, wie es mir altem Insulaner geht? Wir waren fast 30 Jahre lang im Roten Meer eingemauert mit 300.000 sowjetischen Elitesoldaten im Nacken. Hoffentlich sind die bald weg. Kennen Sie sich gut aus in Potsdam?

Ich hatte noch keine Zeit, die Stadt näher zu erkunden. Immerhin weiß ich, wie ich zur Bezirksverwaltungsbehörde komme, den ehemaligen Rat des Bezirkes. Da fahren wir jetzt hin.

Darf ich fragen, was Sie dort machen?

Jetzt geht es zur Sitzung des Aufbaustabes für das künftige Land Brandenburg. Dort beraten die Regierungsbevollmächtigten der Bezirke Potsdam, Frankfurt (Oder) und Cottbus über die Regeln, nach denen es in wenigen Wochen im vereinten Deutschland aus der Taufe gehoben werden soll. Ich bin stolz, als einziger Wessi zu dieser Runde zugelassen zu sein.

Das klingt nach geheimer Kommandosache.

Zumindest ist es eine wenig beachtete Aufgabe in einer aus den Fugen geratenen Welt. Politik und Verwaltung müssen jetzt kräftig Gas geben. Sie hecheln dem Volk schon viel zu lange hinterher.

Den Eindruck habe ich auch.

Vor einem halben Jahr stritten sich die Leute in der DDR noch heftig über anstehende Reformen in ihrem Staat. Viele wollten die Republik im Innern demokratisieren und den Bürgern Reisefreiheit gewähren. Im Außen ging es um die Vor- und Nachteile eines dritten Weges: Raus aus der Blockkonfrontation, rein in die Neutralität. Nichts davon zählt heute mehr. Die DDR wird abgewickelt. Juristisch ist sie zwar noch existent, doch der Terminplan für den Beitritt zur Bundesrepublik schnurrt immer schneller in sich zusammen. Das ist der blanke Wahnsinn. Und wir im Aufbaustab versuchen, ihn in den Griff zu bekommen.

Da wird Ihnen bestimmt nicht langweilig.

Das wäre meine letzte Sorge, zumal ich als bekennender Wossi zwischen Baum und Borke stehe. Mir stößt es bitter auf, wie manche Wessis gerade dabei sind, die Ossis über den Tisch zu ziehen.

Das müssen Sie mir erklären.

Schauen Sie sich mal den Aufbaustab an. Da sitzen ganz honorige und engagierte Leute. Sie wollen ihre neu erkämpfte Freiheit nutzen, um das Land Brandenburg auf einen guten Weg zu bringen. Doch was bedeutet das für die Praxis? Wer über seine Zukunft selbst entscheiden will, muss in der Lage sein, den berühmten Nagel in die Wand zu schlagen. Doch welchen Nagel in welche Wand?

Vom Rechtssystem der BRD hat hier niemand einen blassen Schimmer.

Ich sehe das Problem.

Natürlich könnte man die Besserwessis fragen. Doch die haben nicht nur eine furchtbar große Klappe. Spätestens seit Inkrafttreten der Wirtschafts- und Währungsunion traut ihnen auch niemand mehr über den Weg. Dafür haben die Gebrauchtwagenverkäufer, Staubsaugervertreter und Versicherungsmakler einen zu verheerenden Eindruck hinterlassen.

Und weshalb wird auf Ihren Rat gehört?

Vermutlich, weil ich als einer der ersten Aufbauhelfer aus dem Westen schon seit über einem halben Jahr in der DDR bin. Das macht mich zu einer Art Methusalem in der Verwaltungszusammenarbeit. Als ich damals für zunächst drei Jahre im ›Verbindungsbüro des Landes Nordrhein-Westfalen in der Hauptstadt der DDR Berlin(Ost)‹ unterschrieb, war für Übernahmephantasien noch kein Platz. Deshalb vertrauen die Leute mir. Sie wissen, dass ich es ehrlich meine und kein Glücksritter bin.

Sind das die letzten Zuckungen der friedlichen Revolution?

Ich hoffe nein. Dann wäre etwas verkehrt gelaufen. Allerdings gibt es im Westen erschreckend viele Politoffiziere, die das anders sehen. Für sie zählt nur der flächendeckende Kotau. Das sind nicht die politischen Spitzen, die sich da in Sandkastenspielen zur politischen Machtübernahme rüsten, sondern abgehalfterte Kader aus der zweiten Reihe. Spätestens mit Ernennung der Landesregierung werden sie geifernd auf der Matte stehen und dreist den Taktstock für sich fordern. Dirigieren lassen muss man

sie deshalb noch nicht. Zur Machtübernahme gehö-
ren immer zwei.

Die weiße Fahne ist also noch nicht gehisst?

Natürlich nicht. Ich kenne viele starke Typen im
Osten. Die pflegen nicht erst seit gestern den auf-
rechten Gang. Die lassen sich nicht so leicht die
Butter vom Brot nehmen. Während ich verpäppelter
Westler in den letzten Jahren bräsig hinter dem war-
men Ofen saß, rissen sie die Klappe auf und gingen
auf die Straße. Wohl wissend, dass sie auf den vorbe-
reiteten Internierungslisten ganz oben standen oder
als ›Politische‹ jederzeit klammheimlich eingesam-
melt und ins Gelbe Wunder von Bautzen gesteckt
werden konnten. Dort wären sie im Stasiknast ver-
schimmelt. Sie sind für mich die wahren Helden der
friedlichen Revolution.

Denen im März bei der ersten freien Volkskam-
merwahl vom eigenen Volk der Stuhl vor die Tür
gesetzt wurde.

Ja. Das war bitter. Ich war am 4. Dezember letz-
ten Jahres auf der Montagsdemo in Leipzig. Da
war noch alles offen. Die eine Hälfte der Hundert-
tausend Demonstranten, die in der Kälte friedlich
über den Stadtring zogen, skandierte ›Wir sind
das Volk‹, ganz im Geiste einer demokratischen
Neuerfindung der DDR. Da rief die andere Hälfte
bereits ›Wir sind ein Volk‹ und nahm die blühen-
den Landschaften Helmut Kohls in den Blick. Da-
mals unterschätzte ich die Dynamik, die in diesem
Sinneswandel steckt. Erst durch den erdrutscharti-
gen Wahlsieg der Allianz für Deutschland wurde
ich eines anderen belehrt. Da war es nicht mehr weit
bis zum vielstimmigen ›Kommt nicht die D-Mark
zu uns, gehen wir zu ihr‹. Und dann kam das

rauschhafte Finale am Abend des 30. Juni, als Zehntausend Menschen auf den Alexanderplatz drängten. Sie wollten pünktlich um Mitternacht das erste Westgeld aus dem einzigen freigeschalteten Geldautomaten ziehen.

Machen Sie das den Leuten zum Vorwurf?

Das wäre arrogant und auch ansonsten deplatziert. Natürlich hätte ich wie die meisten am 1. Juli im Supermarkt zugeschlagen, dessen Regale plötzlich vor Westprodukten überquollen. Natürlich hätte ich das in Plastikfolie eingeschweißte Brot von Harry's gekauft. Das gab es nun in echt und nicht mehr nur in der Fernsehwerbung. Doch was wird sein, wenn der Konsum-Hype abebbt und die D-Mark-Euphorie verraucht? Dann ist Schlaraffenland schnell abgebrannt.

Und die Katerstimmung wird riesengroß. Nicht nur, dass die Leute über Nacht in eine fremde und schrille Welt geworfen sind. In ihrem Glitzerfeuerwerk verglüht auch der innere Kompass. Die alten Rezepte taugen nicht mehr.

Es sind Rezepte aus einer bleiernen Zeit. Wenn ich durch die DDR reise, fühle ich mich zurückversetzt in meine Kindheit. Ich wuchs in einem verschlafenen Bauerndorf in Niedersachsen auf, hineingeboren in eine kleine überschaubare Welt. Die war frei von Hektik und jeglichem Schnickschnack. Das Erntefest war der kulturelle Höhepunkt des Jahres, der Fußballplatz mein Trost. Daran musste ich denken, als ich vorgestern über die Autobahn nach Frankfurt (Oder) tuckerte. Ich wollte zwischendurch tanken. Die einzige Tankstelle weit und breit steht in Fürstenwalde auf der gegenüberliegenden Straßenseite. Also Blinker links raus, den Mittelstreifen überquert und mitten auf der Fahrbahn gewendet. Nach dem Tanken das umgekehrte Manöver in der Gegenrichtung. Ohne Getöse fädelte ich mich wieder in den spärlich laufenden Verkehr Richtung Frankfurt ein. Das funktioniert seit den dreißiger Jahren so. Bald wird es Geschichte sein.

Das ist ein schönes Beispiel. Ich liebe solche Geschichten. Sie liefern den Seelenspeck für kalte Wintertage. Aber sie verzerren auch den Blick auf die Realität. Weil alles so harmlos klingt, idyllisch, bieder weichgezeichnet und gedämpft. Von der glattgeleckten Fassade dieser ans Spießige grenzenden Sozialromantik sollten Sie sich nicht blenden lassen. Die DDR ist und bleibt eine Diktatur der übleren Art. Sie hat ihre Bürger zur Unmündigkeit verdammt, systematisch Seelen vernichtet und in Größenordnungen Leben zerstört. Da hört der Spaß für mich auf.

Touché. Sie haben mich durchschaut. Ich hege tatsächlich freundschaftliche Gefühle für diejenigen, denen die DDR Heimat ist. Ich kann mich gut in ihre Lage versetzen. Was geschieht mit ihnen, die mit dem Untergang ihres Staates heimatlos werden im eigenen Land?

Diese Frage habe ich mir auch schon gestellt.

Ihre Antwort?

Heimat schafft Geborgenheit. Die werden viele bald schmerzlich vermissen. Sie werden sich zurücksehnen nach einer Zeit, in der alles geordnet, überschaubar und einfacher war. In der DDR kamen sie zurecht. Da wussten sie, wo sie dran waren. Sie kannten die roten Linien, die man tunlichst nicht überschritt, wenn man keinen auf den Deckel kriegen wollte. Sie mussten sich nicht um alles kümmern. Das nahm ihnen der Staat durch seine Rundumversorgung ab.

Und jeder hatte Arbeit. Heute sorgen sich viele zu recht um ihren Job. Die meisten von ihnen werden sich ganz bald im großen Heer der Arbeitslosen wiederfinden. Dann ist auch noch die letzte soziale Sicherung futsch, der Arbeitsplatz, an dem Stolz und Anerkennung hängen.

Das sind die Verlierer. Für sie blühen die Kohl'schen Landschaften nicht.

3

Kassette Nr. 3
Dienstag, 22. Juni 2010

Bundestagsabgeordneter, ca. 50 Jahre alt, 1,70 m, stark übergewichtig (mind. 100 kg), dünnes, kunstvoll zur Seite geschlungenes Haar, das die Geheimratsecken nur unvollkommen verdeckt, aufgedunsenes, rot angelaufenes Gesicht, verschwitzte Stirn, wässrige Augen, breiter Hals, fleischige Hände, oberster Hemdknopf offen, schlecht gebundene Krawatte über weißem Hemd, kampferprobter Straßenanzug, glatte schwarze Schuhe

Fahren Sie los. Sofort. Wenn ich nicht augenblicklich hier verschwinde, platze ich.

Bevor Sie platzen, sollten Sie mir verraten, wohin die Reise geht.

Weiß ich nicht. Hauptsache raus, raus aus der Fraktion, raus aus Berlin. Ich brauche Abstand. Ich brauche dringend frische Luft.

Wie viel Zeit haben wir?

Heute sieht mich hier keiner mehr. Fahren Sie aufs Land, in die Natur, in die Sonne, ans Wasser, wohin Sie wollen. Hauptsache weg. Und nun geben Sie endlich Gas.

Wird gemacht. Ich glaube, ich habe da was für Sie ... (Pause)

Darf ich fragen, welche Laus Ihnen über die Leber gelaufen ist?

Die Fraktionssitzung vorhin! So was von verlogen und scheinheilig. Ich habe die Schnauze gestrichen voll.

Kein Wunder. Bei dem Affentheater, das sie da im Parlament gerade veranstalten.

Wollen Sie mich auf den Arm nehmen?

Nein. Die Liberalen schießen gegen die ›Gurkentruppe von der CSU‹, die Christsozialen ätzen zurück gegen die ›Laienspielschar F.D.P.‹. Und die Kanzlerin schweigt. Das nennt sich Koalition. Für mich ist es nichts als eitel verdaddelte Zeit. Diese Regierung hat in den neun Monaten seit der Wahl aus eigener Kraft noch nichts Gescheites auf den Weg gebracht.

Meinen Sie, das wüsste ich nicht? Und trotzdem blasen sich meine Parteioberen auf. Stellen sich in der CDU/CSU-Fraktion vor das Mikrofon und tun so, als wäre alles im Lot. Wir sollen uns gefälligst nicht so anstellen, einfach die Klappe halten und nächste Woche in der Bundesversammlung den Christian Wulff zum Bundespräsidenten wählen. Von dessen Kür zum Kandidaten erfuhren wir aus der Zeitung. Das nennen die Strategen Neuanfang. Die haben doch nicht alle Tassen im Schrank.

Ganz schön schäbig. Werden Sie als Parlamentarier immer so vor das Rohr geschoben?

Nein. So schlimm ist es normalerweise nicht. Aber was hier in den letzten Wochen abgeht, das passt auf keine Kuhhaut mehr.

Sie sprechen von der Eurokrise.

Ja. Und von allem, was damit zusammenhängt. Das hat mit seriöser Haushaltspolitik nichts mehr zu tun.

Das befürchte ich auch.

Wissen Sie, wir Haushälter nehmen unsere Budgetverantwortung ernst. Auch wenn wir uns dadurch bei den Fachpolitikern keine großen Freunde machen. Die verwechseln unsere Prinzipientreue gern mit Bockigkeit. Sie kämpfen in den Haushaltsberatungen um jeden Euro, der in ihren Wahlkreis fließt. Und wir streichen in ihrer Wünsch-Dir-Was-Liste solange herum, bis es passt und die Neuverschuldung auf ein erträgliches Maß begrenzt wird. Dadurch halten wir den Laden zusammen. So geht das Spiel.

An dessen Regeln sich aber niemand mehr hält.

Das macht mich ja so wuschig. Klar, seit dem Zusammenbruch von Lehman Brothers und dem Platzen der Immobilienblase in den USA ist alles anders. Aber dass das gleich so reinhauen muss! Die Investoren sind hypernervös. Die ziehen ihr Geld sofort von einem Finanzplatz ab, wenn sie glauben, ihr Geld könnte sonst krachen gehen. Verhindern sollen das ausgerechnet wir. Ich meine den Staat. Von dem wollen sie sonst nie etwas wissen. Die Wirtschaft gerät ins Schlingern. Die sollen wir jetzt auch noch retten. Sie haben keinen Schimmer, was für ein Eiertanz das ist.

Ich beneide Sie nicht um Ihre Aufgabe.

Allein in Deutschland haben wir im letzten Jahr

zwei dicke Konjunkturprogramme auf den Markt geworfen, beide aus der Hüfte geleiert und mit heißer Nadel gestrickt. Natürlich auf Pump. Kostenpunkt für den Steuerzahler: sage und schreibe 36,5 Milliarden Euro!

Das klingt wie ein schlechter Krimi.

Das ist auch einer. Und jetzt kommt die neueste Nummer. Die haut dem Fass den Boden aus.

Sie machen es spannend.

Es ging los an einem Freitagabend vor gut sechs Wochen. Da lief alles auf einen Staatsbankrott Griechenlands hinaus. Spanien und Portugal wären wahrscheinlich gleich mit abgeschmiert. Das wäre das Ende des Euros gewesen. Also Alarmstufe 1. Vor Öffnung der Börsen am Montag musste eine Rettung her. Die Staats- und Regierungschefs der Eurozone schmiedeten über das Wochenende einen Stabilisierungspakt für den Euro. An dem 750 Milliarden schweren Euro-Rettungsschirm sollte sich Deutschland mit staatlichen Garantien von bis zu 147,6 Milliarden Euro beteiligen.

Was für eine Stange Geld.

Unterbrechen Sie mich nicht. Es kommt ja noch doller. Die Garantiezusage musste, um rechtlich wirksam zu werden, unverzüglich in Gesetzesform gegossen werden. Also wurde das Gesetz kurze Zeit später innerhalb eines Tages durch Bundestag und Bundesrat gepeitscht. Das Bundespresseamt vermeldete, der Bundespräsident habe es noch am Nachmittag unterzeichnet und im Bundesgesetzblatt verkündet.

Der saß doch gerade im Flieger auf der Rückreise von einem Bundeswehrbesuch in Afghanistan.

Das merkten die Pressestrategen dann wohl auch.

Sie kassierten die Meldung schleunigst wieder ein. Horst Köhler setzte erst am nächsten Tag um 16 Uhr mit seiner Unterschrift das Gesetz in Kraft. Das war am 22. Mai. Neun Tage später trat er mit sofortiger Wirkung vom Amt des Bundespräsidenten zurück. Na, dämmert Ihnen was?

Zunächst dämmert mir, dass sich Horst Köhler mit seinen nebulösen Äußerungen zum Auslandseinsatz der Bundeswehr heftig in die Nesseln gesetzt hat. Von wegen Durchdrücken der wirtschaftlichen Interessen Deutschlands mit militärischer Gewalt. Das war doch ein hirnrissiger Quatsch. Dafür hat er anschließend Prügel bezogen. Insofern überrascht mich sein Rücktritt nicht.

Die Begründung nehmen Sie doch wohl nicht ernst? Die hat Horst Köhler nur vorgeschoben, um vom eigentlichen Problem abzulenken. Da bin ich mir hundertprozentig sicher.

Welches Problem?

Der Mann hat bei Antritt seines Amtes einen Eid geleistet. Darin hat er geschworen, die ihm vorgelegten Gesetze vor der Unterzeichnung auf ihre Verfassungsmäßigkeit zu prüfen. Beim Euro-Rettungsschirm hatte er dazu keine Chance. Ihm blieb noch nicht einmal Zeit, das Kleingedruckte zu lesen. Köhler drückte beide Augen zu und winkte das Garantiegesetz einfach durch. Ihm blieb nichts anderes übrig. Sonst wäre uns der Euro um die Ohren geflogen.

Und warum regen Sie sich darüber auf?

Weil Horst Köhler Charakter hat und nicht an seinem Posten klebt. Der hört auf sein Gewissen. Im Augenblick arbeiten sich alle fürchterlich an ihm ab. Von wegen Quereinsteiger, dem die Härte fehlt und der vom politischen Geschäft keine Ahnung hat. Das ist doch Kokolores. In Wahrheit hat der Bundespräsident die persönlichen Konsequenzen aus der Tatsache gezogen, dass er seinen Amtspflichten nicht gerecht werden konnte. Oder anders ausgedrückt: Er hat begriffen, dass dem Staat seine Macht entglitten ist. Sie liegt, wie uns gerade glasklar vorgeführt wird, bei den Inhabern des großen Geldes. Die Finanzspekulanten tanzen Tango mit uns, wirbeln die politischen Abläufe durcheinander, dass mir angst und bange wird. Und wir Politiker knicken ein und legen kurz mal die Verfassung beiseite, weil sie bei der Anbetung des Goldenen Kalbes stört. Das ist zum Kotzen. Horst Köhler hat es hinter sich. Er kann nun morgens beim Zähneputzen in den Spiegel schauen. Aber ich armes Schwein mache weiter gute Miene zu bösem Spiel. Und lasse mich in der Fraktion belehren mit platten Sprüchen wie Zusammenrücken, Koalitionsdisziplin, Augen zu und durch.

Aha, daher weht der Wind. Dann lassen Sie uns mal darüber auf der Rückfahrt sprechen. Zuvor möchte ich Sie mit dem Ziel unserer Reise bekanntmachen. Wir rollen gerade auf Annenwalde zu, eine der unentdeckten Perlen der Uckermark. Lassen Sie sich auf diesen besonderen Ort ein. In ihm kann man sich ganz wunderbar verlieren. Doch man verläuft sich nicht. Ich lasse Sie auf dem Anger neben der Schinkelkirche raus. Wenn Sie dahinten an der Glasbläserei vorbeigehen und sich rechts halten, kommen Sie zum Schlosspark und von dort runter zum See. Hier vorne links finden Sie nach fünfhundert Metern eine riesige Biberburg inmitten eines von den Nagern aufgestauten

Flüsschens. Die haben die umliegenden Wiesen einfach unter Wasser gesetzt. Machen Sie, was Sie für richtig halten. In zwei Stunden sehen wir uns hier am Taxi wieder.

Und was treiben Sie in der Zwischenzeit?

Ich setze mich in die Kneipe und rede mit dem Wirt. Der wird mich mit den neuesten Schwänken aus dem Dorf versorgen. Als ich das letzte Mal hier war, tobte gerade ein erbitterter Glaubenskrieg um das Ersetzen der alten Rumpelpiste aus Feldsteinen, über die wir eben gekommen sind, durch einen komfortablen Fahrbahnbelag aus Teer. Das ist der Stoff, aus dem hier die Träume sind. Bei der Gelegenheit drücke ich mir noch einen saftigen Wildschweinbraten mit Preiselbeeren rein. Sie finden weit und breit nichts Besseres.

…

Steigen Sie ein und machen Sie es sich bequem.

Danke. Zunächst einmal möchte ich mich bei Ihnen entschuldigen. Ich habe heute Morgen sehr viel aus dem politischen Nähkästchen geplaudert. So etwas gehört sich nicht.

Schon in Ordnung. Die Sache bleibt unter uns.

Danke.

Wie gefällt Ihnen unser kleines Paradies?

Großartig. Sie haben nicht zu viel versprochen. Zu Anfang stand ich noch ziemlich unter Strom und heizte planlos durch die Gegend. Das ging eine ganze Weile gut. Bis ich mich nach Umrunden des Sees an den Aufstieg zum Schlossgarten machte. Die paar Meter Höhenunterschied reichten für einen ausgewachsenen Herzklabaster. Es hätte nicht viel gefehlt und ich wäre aus den Latschen gekippt. Zum

Glück konnte ich mich auf eine Bank am Rande des Skulpturenparks retten.

Dafür wirken Sie im Moment erstaunlich fit. Kein Vergleich zu heute Morgen.

Das liegt an der Schöpfungsgeschichte.

Wie bitte?

Natürlich musste ich erst mal runterkommen, legte mich hin und machte die Augen zu. Nach einer Viertelstunde hatte sich das Herz beruhigt. Als ich mich umschaute, fiel mein Auge sofort auf die sieben großformatigen Platten aus gebranntem Glas, nebeneinander auf Stelen gestellt. Die Schöpfungsgeschichte. Dazwischen auf kleinen Tafeln dieser archaische biblische Text. Über eine halbe Stunde blieb ich an der Installation kleben. Unglaublich ist die, unglaublich schön. Plötzlich ging es mir gut. Ich fühlte mich geborgen, gut aufgehoben in Gottes unendlicher Schöpfung. Bilder aus Kindertagen kamen hoch. Ferienwochen auf dem Bauernhof, Toben im Heu, Kühe holen und abends nach dem Melken Vater und ich auf der Bank hinter dem Stall. Die Sterne gingen auf, einer nach dem anderen. Und am Ende diese grenzenlose Pracht. Warum nehme ich mich eigentlich so wichtig? Giere nach Einfluss und Kontrolle über eine längst verloren gegangene Welt. Eine Welt, in der ich bei Lichte gesehen nie zuhause war. Über alles Strippenziehen unter der Glaskuppel des Parlaments habe ich den Griff nach den Sternen verlernt.

Sehen Sie da vorne den Abzweig? Wenn Sie der Piste durch den Wald folgen, stoßen Sie nach einem Kilometer auf einen weiteren Zauberort, das Kirchlein im Grünen. Der kleine Kirchhof ist von uralten Linden und einer brüchigen Steinmauer eingefasst. Nehmen Sie einen strahlenden Tag wie heute, lassen Sie sich einladen vom süßen Blütenduft der Linden und dem fleißigen Summen der Bienen, kommen Sie in aller Ruhe in dieser Idylle an. Dann spüren Sie sich in ihre uralte Kraft hinein. Etwas Heilsameres gibt es nicht … (Pause)

Ich würde gern auf unser Gespräch von heute Morgen zurückkommen. Es will mir nicht aus dem Kopf. Beginnen möchte ich mit einem Kompliment. Es freut mich, wie offen Sie über Ihre Probleme sprechen. Sie sind ehrlich zu sich selbst.

Mir bleibt nichts anderes übrig. Ich stehe mit dem Rücken an der Wand … (Pause)

Wissen Sie, Krötenschlucken gehört zum politischen Geschäft. Nur Ignoranten können das bestreiten. Doch früher waren das vergleichsweise possierliche und schmackhafte Tierchen. Die Kröten, die man mir jetzt in immer kürzeren Abständen auf dem silbernen Tablett serviert, sind riesengroß und stinken eklig. Was passiert, wenn ich sie irgendwann nicht mehr runterkriege und sie mir im Halse steckenbleiben?

Das kann ich Ihnen sagen. Ich habe so was schon am eigenen Leibe erlebt.

Da bin ich aber gespannt.

In meinem früheren Leben war ich Chefeinkäufer eines großen Pharmakonzerns. Ein richtiger Knochenjob, bei dem es darum ging, die Lieferanten bis zum letzten Blutstropfen auszupressen. Mit den Einzelheiten will ich Sie nicht behelligen. Es reicht zu wissen, dass ich den Stress nicht ewig aushielt. Mein Gewissen schlug Alarm.

Wie haben Sie sich aus der Affäre gezogen?

Ich erinnere mich genau an diesen Mittwochabend in Brüssel. Ich saß in der Wartezone des Flughafens und hatte noch ein paar Minuten bis zum Aufruf des letzten Fliegers nach Berlin. Die wollte ich für ein paar Notizen nutzen. Ich packte mir den Aktenkoffer und klappte ihn auf. Plötzlich wusste ich, das war's. Bis hierher und nicht weiter. Es ging einfach nicht mehr. Nach der Landung in Tempelhof meldete ich mich in der Firma krank. Dann setzte ich mich ins Taxi und fuhr nach Hause. Ein paar Wochen später schmiss ich endgültig die Brocken hin. Mein Büro in der Firma habe ich nie mehr von innen gesehen.

Wie erklären Sie sich den Zusammenbruch?

Er war die Quittung der Unnachgiebigkeit und unversöhnlichen Härte gegen mich selbst. Ich wollte mit dem Kopf durch die Wand. Doch meine Seele hatte was dagegen. Also schickte sie mich in eine lang anhaltende Depression. Anderen zieht der Körper den Stecker raus. Wer es nicht mehr hören kann, dem beschert er einen Hörsturz, wem es das Herz zuschnürt, den legt ein Herzinfarkt flach, wer es am Kopf nicht mehr aushält, der erleidet einen Schlaganfall. Nehmen Sie was Sie wollen.

Das hört sich furchtbar an.

Es ist furchtbar. Stellen Sie sich vor, die Stützpfeiler ihres bisherigen Lebens brechen weg, die Anerkennung der Kollegen, die Unterstützung durch die Ehefrau, das Netzwerk von Freunden und guten Nachbarn, das Vertrauen in die eigene Kraft. Alles wird auf null gestellt. Nackt und schutzlos rauschen sie ab in die Tiefe. Sie suchen verzweifelt nach Halt, doch es gibt keine Kontrolle mehr. Alles, worauf sie stolz waren, alles was ihnen unverzichtbar wichtig erschien, es zerbröselt wie Sand zwischen ihren Fingern. Glaubenssätze tauchen aus dem Unterbewusstsein auf, täuschen Orientierung vor. Verzweifelt versuchen sie, sich an sie zu klammern. Doch auch dieser Trost misslingt. Ihre Seele brennt. Unwiderruflich. Lichterloh. Bis auch der letzte Funken Hoffnung verflogen ist. Dann ist endgültig Schluss. Ihre Gefühle sind taub. Sie spüren sich selbst nicht mehr.

Muss es soweit kommen?

Nein. Das liegt ganz bei Ihnen.

Was würden Sie mir raten?

Das wissen Sie selbst am besten. Nehmen Sie sich die Freiheit, es zu tun.

4

Am nächsten Morgen schwingt sich Frieder aufs Rad. Er will Henner auf seinem Grundstück in der Kolonie Sonnenbad besuchen. Apropos Sonnenbad: Die Sonne brettert. Schon um 10 Uhr steht das Thermometer bei 28 Grad und wird in der Mittagszeit einmal mehr die 30-Grad-Marke reißen. Trotzdem tut die Bewegung gut. Der Fahrtwind lässt die Hitze vergessen. In rekordverdächtiger Zeit schießt der Junge bis zum Priesterweg durch. Dort stoppt er und steigt im Schatten einer großen Pappel vom Rad. Ein paar Züge aus der Wasserflasche verwandeln sich umgehend in einen flächendeckenden Schweißausbruch. Die Haut dampft, das Herz pocht bis zum Hals. Frieder kauert sich an der Bordsteinkante nieder. Nach wenigen Minuten hat sich der Kreislauf beruhigt. Der Junge steht auf, klopft sich den Staub von der Hose und geht die letzten paar Hundert Meter durch die schmalen Gassen der Kolonie zu Fuß.

Henner Wuttke trotzt der Hitze auf seine Art. Er räkelt sich in einer Hängematte im Schatten eines Birnbaums, barfuß, in dünner Leinenhose und herunterhängendem Leinenhemd.

»Da ahnt man nichts Böses«, strahlt er, als Frieder sein Fahrrad durch das Gartentor schiebt, »und schon steht der junge Göhlen vor der Tür. Stell Deinen Drahtesel ans Haus, mein Freund, zapf Dir ein Glas vom frisch geschnippelten Limettensaft und komm' rüber. Schön, dass Du da bist. Ich habe für Dich eine prima Sitzgelegenheit parat.«

»Super«, entgegnet der Junge, »ich war mir nicht sicher, dass Sie überhaupt da sind. Bei diesen Temperaturen verkriechen sich andere in den Keller.«

»Das Siezen kannst Du Dir schenken. Die Buschtrommeln berichten aus zuverlässiger Quelle, dass Du Dich bereits mit einer der zwielichtigsten Gestalten der Berliner Taxifahrerinnung hemmungslos duzt. Da kannst Du Deine ollen Kniggeregeln auch bei mir getrost vergessen.«

»Schade.«

Frieder zieht ein betont langes Gesicht.

»Ich wollte durch mein geschliffenes Benehmen Eindruck schinden. Das kann ich jetzt wohl knicken.«

Grinsend stoßen sie auf ihre Bruderschaft an. Der Junge lässt sich in den Korbsessel neben der Hängematte fallen.

Und Henner legt sofort los.

»Soll ich Dir verraten, wie Du bei mir punkten kannst? Erzähl' einfach, was Kalles Kassetten aus dem Bankschließfach zu bedeuten haben. Hubert hat mir alles erzählt. Sag bloß nicht, Du hast in die Dinger noch nicht reingehört.«

»Was habe ich die ganze letzte Woche wohl gemacht? Die Freunde versetzt, die Mädels am Schlachtensee in die Pilze geschickt und mich mit meiner Mutter verkracht. Das alles wegen der blöden Aufnahmen.«

»Respekt.«

Henner pfeift leise durch die Zähne.

»Da hast Du Dir richtig die Kante gegeben. Ich kenne das. Nur mal kurz in einem Text schmökern, ganz unverbindlich. Und dann im nächsten und übernächsten auch. Schwups hängst du am Fliegenfänger und kommst von den Dingern nicht mehr los.«

»Genau das ist mein Problem. Die Kassetten fixen total. Wenn ich einmal in ein Gespräch reingehört habe, will ich auch wissen, wie es zu Ende geht. Nur braucht es Stunden, manchmal Tage, bis ich das weiß. Das liegt an der schrottigen Qualität der Kassetten. Die rauschen wie bekloppt. Die ersten drei Gespräche habe ich jetzt im Computer. Und langsam schnalle ich, was jeweils Phase war.«

»Nanu, hat der gute Kalle etwa in Rätseln gesprochen? Dein Opa redete doch nie lange um den heißen Brei herum.«

»Das ist nicht der Punkt. Aber ich bin jetzt 19. Was da 1990 kurz vor der Wiedervereinigung in der DDR los war, ging mir bisher am Gemüt vorbei. Und plötzlich höre ich in einer museumsreifen Aufnahme die aufgekratzte Stimme meines Großvaters, für den damals alles fürchterlich neu und spannend war. Der wusste noch nicht mal, wie man mit dem Auto von Berlin nach Potsdam kommt. Und das als Taxifahrer. In einem anderen Gespräch geht es um die Eurokrise 2010. Von der habe ich als Elfjähriger null mitbekommen. Nun kriege ich langsam eine Ahnung, wie haarscharf wir damals an einer weltweiten Finanzkatastrophe vorbeigeschlittert sind. Das ist ganz schön krass.«

»Oje, da hat Dich der gute Kalle aber kalt erwischt. Ich muss Dir mal was zeigen.«

Henner schwingt sich aus der Hängematte, tritt ein paar Schritte zur Seite und winkt den Jungen herbei.

»Siehst Du den kleinen Hügelrücken hinter den Gärten, da, wo die Birken und die Tannen stehen? Dort befindet sich der alte Friedhof der Matthäi–Kirchgemeinde. Nur noch ein paar wenige Gräber sind belegt. Dafür gibt es umso mehr Platz zum Abschalten und Atemholen. Wenn es Kalle hier zu bunt wurde, ging er dort hin und schaute von seiner Lieblingsbank auf unsere grüne Oase herab. Er nahm sich Zeit und ließ sich die Sonne auf den Bauch scheinen bis es Plopp machte. Kalle nannte das sein Seelenbäuerchen. Danach schlenderte er zurück und wir genehmigten uns ein wohlverdientes Feierabendbier.«

»Du meinst, ich sollte kürzertreten?«

»Unbedingt. Das täte Dir jetzt gut. Niemand erwartet, dass Du Deine Recherchen bis Weihnachten abgeschlossen hast.«

»Doch. Ich.«

Henner klopft dem Jungen lächelnd auf die Schulter.

»Zumindest den Sturkopf hast Du von Deinem Großvater geerbt. Aber glaube mir, mit der Brechstange kommst Du hier nicht weiter. Nimm Dir ein Beispiel an Kalle. Der brachte mich mit seiner Engelsgeduld oft zur Weißglut. Wie ein Buddha saß er auf der Bank und ließ die Dinge wachsen. Er wusste, sie brauchen ihre Zeit. Setze Dich mal öfter auf's Rad. Treibe Sport. Geh' zu Alba. Die starten in 14 Tagen in die neue Saison. Und an den Schreibtisch setze Dich nur, wenn Du Freude daran hast. Du musst Dir und anderen nichts beweisen.«

»Danke. Den Rüffel habe ich wohl verdient. Doch ich habe noch eine andere Frage.«

»Nur raus damit.«

»Hubert sagte mir, dass Du mit Großvater häufiger über den Sinn des Lebens gesprochen hast. Mehr wusste er zu diesem Thema nicht zu berichten. Er ist wohl ein eher praktisch veranlagter Mensch.«

»Das hast Du fein erfasst. Warum fragst Du?«

»Mein Großvater zerbricht sich in gleich fünf seiner Taxigespräche den Kopf über die Quellen der Kraft. Das ist bestimmt kein Zufall. Kannst Du mir verraten, was da noch alles auf mich zukommt?«

»Kalle war ein tief spiritueller Mensch. Seit ich ihn kenne, suchte er nach den Wurzeln seiner selbst.«

»Und hat er sie gefunden?«

»Das hätte Kalle nie von sich behauptet. Aber er meditierte viel und las in den Werken der großen Meister. Johann Wolfgang von Goethe tat es ihm besonders an.«

»Weshalb Goethe?«

»Kennst Du sein ›Vermächtnis‹? Kalle und ich haben uns nächtelang an ihm ergötzt. Allein dieser Beginn: ›Kein Wesen kann zu Nichts zerfallen! Das Ew'ge regt sich fort in allen, Am Sein erhalte dich beglückt!‹ Ganz großes Kino, mein Junge.«

»Was ist daran so groß?«

»Es gibt ein Leben jenseits von Zeit und Raum.«

»Sag' bloß, der Mensch ist unsterblich. Das ist mir zu hoch«, gibt Frieder unumwunden zu.

»Macht nichts, der Sinn der Worte erschließt sich eh' nicht über den Verstand.«

»Aha. Muss ich sonst noch was wissen?«

»Kalle bemühte sich ernsthaft um Erleuchtung.«

»Was heißt das für Doofe?«

»Erleuchtung ist nichts anderes als Lebensfreude. Eine Freude jenseits aller Fesseln der Konvention und des Verlangens nach mehr.«

»War es das, was mein Opa unter Freiheit verstand?«

»Ja.«

»Habt ihr ständig solche abgefahrenen Gespräche geführt?«

»Nee. Manchmal haben wir auch Unkraut gejätet, wie sich das für anständige Laubenpieper gehört. Du solltest wissen, dass ich in meinem früheren Leben Professor für Landschaftsarchitektur und Gartenbau war. Das ist nicht nur Hacke und Schippe. Da schwingen die grundlegenden Fragen des Lebens immer mit. Als ich zu Beginn meiner akademischen Laufbahn über die Geschichte des Kleingartenwesens in Deutschland promovierte, nistete ich mich hier in der Gartenkolonie ein. Ich wollte nicht nur Lesefrüchte absondern, sondern herausfinden, wie eingefleischte Gartenfreunde tatsächlich ticken.«

»Und wie ticken sie?«

»Wenn ich das wüsste? Begriffen habe ich es bis heute nicht.«

5

Henners Rat ist Goldes wert: Locker bleiben, nichts übertreiben, Spaß an der Freude haben.

»Darauf hätte ich auch selbst kommen können«, wurmt es Frieder, »wo mich doch das schlechte Gewissen gegenüber meinen Kumpeln plagt.«

Am nächsten Morgen pennt er lange aus. Als er sich gegen 11 Uhr aus seiner Betthöhle wälzt, sind Nils und Tibor längst über alle Berge. Frieder weiß, heute werfen sie ihre sozialen Netze am Teufelssee aus. Den Platz auf der Liegewiese an der Krummen Lanke haben sie schon letzte Woche geräumt. Zuerst checkt er seine E-Mails. Dann mampft er sich zu einem frischen Pott Kaffee ein Nutellabrötchen rein. Die Badesachen in die Fahrradtasche gestopft und ab geht's. Kurzer Zwischenstopp beim Getränkemarkt um die Ecke. Hier deckt sich der Nachzügler mit einem Sixpack Krombacher und zwei Tüten Kartoffelchips ein, XXL, Paprika und Sour Creme. Dann gondelt er weiter. Kurz nach 14 Uhr stellt er sein Rad am Rande der Badewiese ab.

»Ich glaube es nicht, eine Fata Morgana«, ätzt Tibor los.

»Für mich sieht das eher nach einer untreuen Tomate aus«, ergänzt Nils. »Ich bin mir nicht sicher, ob wir die überhaupt noch grüßen sollen.«

»Nö«, grinst Tibor, »aber wenn ich sehe, was der Versager da aus seiner Fahrradtasche zieht, könnte ich heute mal eine Ausnahme machen.«

Frieder platziert das Bier und die Chips auf der

Decke, auf der sich seine Freunde ausgebreitet haben.

»Opfergaben sind stets willkommen.«

Tibor rollt seinen muckibudengestählten Körper generös beiseite.

»Du darfst Dich setzen. Aber um eine schlüssige Erklärung für Dein beispielloses Fehlverhalten kommst Du nicht herum. Lässt Deine besten Kumpels tagelang in der Sonne braten und in sensiblen Sondierungsverhandlungen schnöde im Stich.«

»Du und sensibel. Läuft wohl nicht so mit den Mädels.«

Frieder lässt seinen Blick über die Badewiese schweifen.

»Netter Ablenkungsversuch. Wolltest Du Dich nicht setzen?«

»Wenn Ihr es genau wissen wollt, ich musste Abhörprotokolle fertigen. Das brauchte Zeit.«

Tibor schaut ihn entgeistert an.

»Eine dümmlichere Ausrede hast Du bei dem Wetter nicht auf Lager?«

»Das ist keine Ausrede, Alter. Ich habe Euch doch von der Kiste mit den Kassetten erzählt. Die können nicht bis Weihnachten warten. Da musste ich jetzt unbedingt ran.«

»Wie brisant ist das Material?«

»Sag' ich gleich. Bevor die Plörre heiß wird, sollten wir uns erst einmal ein Bier reinziehen.«

Frieder streift seine Jeans ab, unter denen kurze graue Badeshorts zum Vorschein kommen. Dann entledigt er sich des weißen T-Shirts und setzt sich zu den Freunden.

»Das mit dem Bier ist eine Deiner besseren Ideen«,

lobt Nils, entkorkt schwungvoll drei Flaschen und reicht sie in die Runde.

Die Freunde stoßen an.

»Jetzt mal ohne Quatsch, mit den Kassetten habe ich richtig zu kämpfen. Das ist nicht irgend so ein Schnulli. Das ist eine hammerharte Liste ›best of Taxifahrerglück‹. An ihr arbeite ich mich gerade sukzessive ab.«

»Mir kommen die Tränen.«

Tibor nimmt den nächsten Schluck aus der Pulle.

»Dein Fazit?«, will Nils wissen.

Frieder überlegt.

»Schone Dich nicht. Nehme Dich selber ernst. Gehe Deinen eigenen Weg. Und lass Dir nichts von anderen aufschwatzen.«

»Ein heller Kopf, Dein Großvater. Bei mir rennt er offene Türen damit ein«, antwortet Tibor.

»Zumindest gibt er sich große Mühe, aus Dir einen anständigen Menschen zu machen«, relativiert Nils.

»Als ob ich das nicht schon längst wäre.«

Tibor lässt das unkommentiert stehen. Ihm kommt ein ganz anderer Gedanke.

»Kassetten hin, Kassetten her. Für mich ist die Erbschaft heute schon ein Gewinn.«

»Wie das?«

Nils schaut ihn mit großen Augen an.

»Weil es neben den Aufnahmen auch ein Taxi gibt. Unser Rechtsfreund könnte uns mal für ein Wochenende nach München kutschieren. Muss ja nicht gleich das Oktoberfest sein.«

»Oder wir fahren an die Ostsee und lassen uns ʼne Tüte Meerluft um die Nase wehen«, stößt Nils in das gleiche Horn.

»Lasst mal stecken, Ihr Geier«, wiegelt Frieder ab. »Die Kiste ist nicht angemeldet. Aber das lässt sich vielleicht regeln. Ich lasse mir was einfallen.«

»Na also. Du schaffst das schon, mein Bester, wir setzen volles Vertrauen in Dich.«

Tibor klopft ihm gönnerhaft auf die Schulter.

»Bevor Ihr jetzt vollständig freidreht, solltet Ihr nur eines wissen. Es wartet noch 'ne Menge Arbeit auf mich. Die nächsten drei, vier Tage bin ich jedenfalls ausgebucht. Da vertrauen eine Lehrerin und eine hübsche Braut aus dem Repair Café meinem Großvater ihre geheimsten Träume an.«

»Eine Lehrerin«, verdreht Tibor die Augen, »dass sich Dein Opa nicht schämt.«

»Nur die Harten kommen in den Garten«, strahlt Frieder und schaufelt sich eine dicke Fuhre Kartoffelchips in den Bauch.

III. EINE NEUE KULTUR DES TEILENS

1

Kassette Nr. 4
Dienstag, 17. Mai 2016

Grundschullehrerin, Mitte 50, schwarzgraues, leicht gewelltes schulterlanges Haar, lachende Augen, herausfordernd schelmischer Blick, lange, ausdrucksstarke Hände, großer Silberring mit Engelsfigur am rechten Ringfinger, ca. 1,78 m, schlank, sportlich, schwarzer Pullover, roter Seidenschal, dünne Silberkette um den Hals, Jeans, schwarze Herrenschuhe, grauer Rollkoffer

Fahren Sie mich doch bitte zum Bahnhof nach Spandau.

Das mache ich gern. Ich hoffe, Sie hatten ein schönes Pfingstwochenende in Berlin.

Ja. Ich habe es doch tatsächlich geschafft, eine alte Freundin zu besuchen. Das Wetter stimmte und der Tapetenwechsel tat gut. Aber nach all dem Trubel sehne ich mich in mein verschlafenes Hagen-Haspe zurück.

Hagen in Westfalen, die Stadt der Brandt-Zwiebäcke.

Sie kennen sich aus. Ich bin eine Hasper Pflanze und mit Lennewasser getauft. Solange ich mich zurück erinnern kann, gehörte zu meinem Leben der Zwiebackgeruch. Aber der ist seit gut 10 Jahren weg. Die Fabrik in Haspe machte dicht, 500 Leute standen von heute auf morgen auf der Straße. Nun werden die Zwiebäcke auf der grünen Wiese in Thüringen produziert.

Höre ich aus Ihrer Stimme Verbitterung heraus?

Nein, da täuschen Sie sich. Früher war nicht alles besser.

Immerhin gab es in Haspe Arbeit, qualifiziertes und hochmotiviertes Fachpersonal und einen in 150 Jahren Industriegeschichte gewachsenen Arbeiterstolz.

Am wirtschaftlichen Absturz war nicht die Wende schuld. Der setzte schon viel früher ein. Hagen war nach dem Kriege ein bedeutendes Zentrum der deutschen Stahlindustrie. Ich habe als Kind noch erlebt, wie der Stahl gestochen wurde. Dann stieg über dem Hochofen eine riesige gelbbraune Rauchwolke auf. Sie legte sich wie ein breiiger Dunstmantel über das Tal. Wir nannten das das ›Hasper Gold‹. Die Autos fuhren tagsüber mit Licht. Anfang der Siebziger Jahre machte das Stahlwerk zu. Seitdem sehen wir die Sonne wieder.

Was macht das mit Ihnen?

Ich freue mich über die Sonne. Die möchte ich nicht missen. Es bringt doch nichts, den alten Zeiten nachzuhängen. Ich lebe in der Gegenwart. Und aus der versuche ich, das Beste zu machen.

Wobei in Haspe die Gegenwart alles andere als rosig ist.

Kommt darauf an, wie man es sieht. Sicher, viele Familien kehrten Haspe den Rücken, als die Männer serienweise ihre Arbeit verloren. Das waren gute und engagierte Leute. Von diesem Aderlass hat sich die Stadt nie mehr erholt. Heute sind die Mieten sensationell günstig und damit bezahlbar für Menschen, die von der Stütze leben. Oder für Familien mit Migrationshintergrund, die nun mit Kind und Kegel das Stadtbild prägen. Jüngste Aufreger sind weitverzweigte Clans aus Rumänien oder Bulgarien. Sie lassen sich hier nieder und kacken fröhlich auf die Bürgersteige. Damit bringen sie in kürzester Zeit die Sozialstruktur ganzer Straßenzüge ans Kippen.

Was hält Sie in Haspe? Ist es der Beruf?

Nun ja, ich bin Lehrerin, Grundschullehrerin um es genau zu sagen. Natürlich könnte ich einen Umsetzungsantrag stellen. Dann würde ich mit etwas Glück in so attraktiven Städten wie Köln, Düsseldorf oder Aachen landen. In unseren Schulen hier ist Multikulti Programm und Muttersprache Deutsch die Ausnahme. Im Zuge der Inklusion dürfen wir uns zusätzlich einer stattlichen Anzahl von früheren Sonderschülern widmen. Und seit der Flüchtlingswelle im letzten Jahr kommen noch hoch traumatisierte Kriegs- und Fluchtopfer dazu. Das alles bei andauerndem Lehrermangel, hohen Krankenständen und einer technisch erbärmlichen Ausstattung der Klassenräume.

Sie werden von der Obrigkeit verheizt?

Das kann man freundlich so umschreiben. Rückendeckung gibt es hier von niemandem. Die Schulverwaltungsmaschinerie setzt alles daran, uns Lehrer an der Schülerfront zu Befehlsempfängern zu degradieren. Hauptsache wir funktionieren, die Statistik stimmt und die Beschwerden der Eltern halten sich im Rahmen. Das ist ein erbärmliches Spiel, ein organisiertes Staatsversagen der besonderen Art. So etwas gibt es allerdings nicht nur in Hagen, sondern auch in Düsseldorf, Köln und Aachen. Wozu also meine Eltern, meine Familie und Freunde verlassen?

Ich hätte längst die Brocken hingeschmissen.

Ich stand sehr kurz davor. Das war vor gut fünf

Jahren. Da wurde mir endgültig bewusst, dass es so für mich und mit mir nicht weitergeht. Ich erlebte mich nicht mehr als wirksam. Aber dann wurde an unserer Schule die Schulleiterstelle frei. Ich bewarb mich und bekam den Zuschlag. Endlich konnte ich mit meinen Ideen etwas bewegen.

Kein leichter Job.

Ich habe ihn mir ausgesucht. Am Schwersten war der Anfang.

Inwiefern?

Ich habe eine Ansicht von Pädagogik, die nicht jeder meiner Kolleginnen schmeckt.

Das müssen Sie erklären.

Wir sprachen eben von früher. Da sollten Kinder auf Tätigkeiten vorbereitet werden, bei denen sie bestimmten Anweisungen folgen. Sie sollten Teil eines Produktionsprozesses werden oder nach bestimmten Richtlinien arbeiten. Sie sollten sich einpassen in ein vorgegebenes politisches und gesellschaftliches System, das ihnen je nach Fleiß und Begabung Aufstiegs- und Entwicklungsmöglichkeiten versprach. Für den Erfolg musste gebüffelt werden. Lesen, Schreiben, Rechnen. Selbstständigkeit, eigenes kritisches Denken oder gar Kreativität waren Nebensache, bei einigen Kollegen sogar unerwünscht.

Das kenne ich aus der eigenen Schulzeit. Bimsen, bis der Arzt kommt.

Genau hier steckt das Problem. Die Zeiten haben sich geändert und die Schüler auch. Wie bringen sie den ambitionierten Unterrichtsstoff einer reizüberfluteten und undisziplinierten Horde bei, die sich keinen Krümel dafür interessiert, was die Lehrerin gerade an die Tafel kritzelt? Welch ein Gezeter vorne weg, bis die Basecaps abgesetzt und die Handys weggepackt

sind. Wie fangen sie die Kinder auf, die von den eige-
nen Eltern im Stich gelassen werden? Deren Erzeuger
sich, wenn sie überhaupt noch als Familie zusammen-
wohnen, schlichtweg nicht um ihre Brut kümmern?
Oder die ihre Kinder zuhause aus Überforderung oder
im Suff mal eben windelweich schlagen? Viele Eltern
fallen heute als Verbündete aus. Manche gehen einen
Schritt weiter und rücken der Schule aggressiv auf
den Pelz. Letzte Woche hatte ich einen fundamentalis-
tisch aufgehetzten Vater aus Anatolien zum Gespräch.
Heillos überfordert war er der festen Überzeugung,
dass sein Sohn eine nicht Kopftuch tragende Klassen-
lehrerin aus dem moralisch verwerflichen Deutsch-
land nicht respektieren muss.

Da prallen Welten aufeinander. Wie bringen Sie
das unter einen Hut?

Es kommt auf die Einstellung an. Bei allen Schwie-
rigkeiten darf ich nicht vergessen, dass Kinder ein-
fach wundervolle Wesen sind. Und anstatt auf das
halbleere Glas zu schimpfen, genieße ich jeden Tag
das halbvolle. Ein Tom, der mich in seiner über-
großen Lebensfreude morgens begrüßt und umarmt,
eine pünktlich zum Unterricht erscheinende Kim
aus der 3. Klasse, die um 6 Uhr ganz alleine auf-
stehen und sich und ihre kleine Schwester für die
Schule fertigmachen muss. Eine Klasse 5, die voller
Stolz, noch ein wenig schüchtern, vor den anderen
Schülern auf dem Hof ihr Tanzprojekt präsentiert.
Ach, ich könnte stundenlang weiterreden. Ich mache
mir nicht mehr den Stress, auch dem letzten Schü-
ler den vorgeschriebenen Unterrichtsstoff überhelfen
zu wollen.

Das verstehe ich. Was macht das mit dem Lern-
niveau? Das geht doch zwangsläufig baden.

Diese Sorge hatten einige meiner Kolleginnen und Kollegen auch. Wir haben darüber offen diskutiert, das war das Allererste. Da ging es stundenlang zur Sache. Am Ende rauften wir uns zusammen und sitzen nun bis auf zwei notorische Verweigerer fest in einem Boot. Ohne diesen Zusammenhalt der Unterrichtenden würde es nicht funktionieren.

In welche Richtung rudert denn die Bootsbesatzung?

Wir lassen uns von der Gewissheit leiten, dass sich das Leben und Arbeiten in der aufziehenden digitalen Welt verändern wird. Genaueres weiß zwar niemand. Aber bereits jetzt übernehmen Computer und Roboter Tätigkeiten, die wir noch als Ausbildungsberufe kennen. Eine Reihe dieser Jobs wird es in wenigen Jahren wahrscheinlich nicht mehr geben.

Wie bereiten Sie die Kinder auf diese ungewisse Zukunft vor?

Bestimmt nicht, indem wir sie klein machen. An unserer Schule setzen wir auf die Kreativität der Schülerinnen und Schüler, auf ihre innere Lebendigkeit und Motivation, auf Takt und Fingerspitzengefühl, die Freude am Tun, das Vertrauen in die eigene Kraft. Wir arbeiten reformpädagogisch und projektorientiert. Jeder Schüler bekommt seinen persönlichen Wochenplan, den er eigenständig und selbstverantwortlich abarbeitet. Seine täglichen Lernfortschritte dokumentiert er in einem Heft, das am Ende des Tages dem Lehrer vorgelegt wird. Wem die sichere Bindung im Außen fehlt, der bekommt hier die Chance, sich neu zu erfinden. Auch im Sozialen.

Klingt gut. Und das funktioniert tatsächlich?

Wir kommen aus dem Staunen nicht mehr raus. Nur ein Beispiel: Mindestens einmal in der Woche gibt es in jeder Klasse eine Konferenz, den Klassenrat. Dafür nehmen wir uns Zeit. Im Klassenrat besprechen die Schüler ihre Probleme. Können Sie sich vorstellen, wie es ist, wenn ein notorischer Störer und Querulant aufsteht und sich vor versammelter Mannschaft für sein Tun entschuldigt? Er kehrt seine Hilflosigkeit und Verzweiflung nach außen, macht sich für einen kurzen Augenblick angreifbar und verletzlich. Und die Klasse? Sie brüllt ihn nicht nieder, sondern »vergibt«, entwickelt Verhaltensregeln für den nächsten Wutausbruch und legt Konsequenzen fest, falls sich der Fehler wiederholt. Gelebte Basisdemokratie. Das sind Sternstunden der Schulwirklichkeit. Sie ahnen nicht, wie viel Weisheit in unseren Kindern steckt, wie viel Herzenswärme und menschliche Größe. Davon kann sich manch Großer eine dicke Scheibe abschneiden.

2

Tonbandaufzeichnung Nr. 5
Sonntag, 22. Mai 2016

Junge Frau, Anfang 20, ca. 1,70 m groß, dunkelblondes Haar, lange Rastalocken in einem großen Knoten hinter dem Kopf zusammengebunden, schmales, glattes Gesicht, Nasenpiercing, hellblaue Augen, offener neugieriger Blick, zarte Hände, schlank, hellgrünes geripptes Unterhemd mit schmalen Trägern, blaue verwaschene Jeans, ausgelatschte Birkenstock-Sandalen

Uff, Deine Stereoboxen sind aber schwer.
Klar. Sonst hätte ich mir auch die Kohle für das

Taxi gespart. Die Dinger kriege ich nicht mit dem Fahrrad oder in den Öffis gewuppt.

Dafür sind das Superboxen mit einem bestechend satten und warmen Klang. Echte Liebhaberstücke aus einer legendären Baureihe von Anfang der Siebziger Jahre. An so was kommst du heute gar nicht mehr ran.

Ich doch. Wieso kennst Du Dich bei den Geräten so gut aus?

Ich habe mich früher sehr für Stereoanlagen interessiert und hatte die gleichen Boxen. Die kosteten schon damals ein halbes Vermögen. Als Jazzfreak brauchte ich sie, um die letzten Feinheiten aus meinen Platten heraus zu kitzeln. Ich hatte eine exzellente Plattensammlung mit Scheiben aus der ganzen Welt.

Mit den neuen Boxen war das bestimmt kein Ding. Meine hier muss ich erst mal ans Laufen bringen. Habe sie vor ein paar Tagen aus einem Stapel von zerhauenen Regalen vor dem Sperrmüll gerettet. Ich nehme sie jetzt mit ins Repair Café am Teutoburger Platz.

Und dort?

Auseinandernehmen und rauskriegen, woran es bei den Dingern hakt. Die Verbindungsstecker zur Anlage sind es nicht. Die habe ich als Erstes gecheckt.

Vielleicht irgend so ein Wackelkontakt oder eine brüchige Lötstelle.

Das vermute ich auch. Wenn es das nicht ist, schnappe ich mir einen von den Freaks aus dem Repair Café. Die finden jeden Fehler raus. Und geben mir Tipps, wie ich ihn am besten in den Griff bekomme. Häufig ist das easy going. Eine Schraube festdrehen oder kurz zum Lötkolben greifen und fertig. Schwierig wird es, wenn du spezielle Ersatzteile brauchst, an die du nicht mehr so einfach rankommst. Nicht alles kann wieder repariert werden.

Was kostet der Spaß?

Gar nichts. Das ist das Gute daran. Die Leute haben Bock, gemeinsam zu schrauben und zu tüfteln. Jeder bringt sein Wissen und seine Erfahrung mit. Als Dank gibt es mal 'ne Kuchenspende, einen Kaffee oder ein paar Euros für das Anschaffen neuer Werkzeuge. Das ist alles.

Und das klappt?

Einwandfrei. Ich war schon öfters dort. Die Stimmung ist gut, auch wenn mal die Schlange an Leuten wächst, die mit ihrem kaputten Mixer oder ihrer defekten Kaffeemaschine angeschoben kommen. Da drängelt sich keiner vor. Sind alles coole Typen. Die Helfer lassen sich sowieso nicht aus der Ruhe bringen. Sie nehmen sich alle Zeit, um die Geräte durchzuchecken. Da wird viel gelacht. Und alle jubeln, wenn die Maschine wieder läuft.

Ich könnte mir denken, dass es viele ältere Menschen ins Café zieht. Bei denen sitzt das Geld nicht so locker.

Das stimmt. Aber den meisten geht es nicht um die Kohle, sondern ums Prinzip. Sie hassen Wegwerfen. Das ist keine Frage des Alters oder Geldes. Da sitzt der 24-jährige Informatikstudent neben dem 68-jährigen Rentner. Der eine schraubt am Staubsauger, der andere am Handy. Wenn ich eine Frage habe, verdrehen die nicht gleich die Augen. Die wollen dir einfach nur helfen. Das ist ziemlich geil, weil ich mich hier austoben kann. Ich will die Dinge verstehen. Und bevor sie ihren Geist aufgeben, möchte ich sie retten.

Das ehrt Dich sehr. Steckt hinter alledem auch eine politische Botschaft?

Hast Du Dich schon mal gefragt, wie viele Sachen mit kalkuliert begrenzter Laufzeit auf den Markt geschmissen werden, um vorzeitig auf dem Müll zu landen? Die Ökonomen bezeichnen das als gewollten Verschleiß. Ich nenne das pervers und perfide Ressourcenverschwendung. Doch kein Politiker schreitet gegen diesen Unsinn ein. Die buckeln alle vor dem großen Kapital. Dabei sollen sie doch das Gemeinwohl schützen. Total krank! Ich mache lieber mein eigenes Ding. Dazu gehört das Reparieren von Boxen im Repair Café. Gleich sind wir da. Wenn Du Lust hast, kannst Du ja mit reinkommen.

Gute Idee. Ich bin dabei.

...

Die Boxen klingen super.

Es war leicht, sie wieder ans Laufen zu bringen.

Und Du hattest richtig Spaß dabei. Ich habe es an der Begeisterung gesehen, mit der Du den Lötkolben geschwungen hast.

Selbermachen ist wie frische Erdbeeren mit Sahne.

Wofür brauchst Du den Schwingschleifer und die Stichsäge, die Du bis nächste Woche ausgeliehen hast?

Zuhause liegen noch ein paar alte Eichenbohlen rum. Aus denen werde ich in den nächsten Tagen einen Küchentisch bauen.

Da kribbelt es mir in den Fingern. Du richtest Dich ein, ohne dass IKEA Pate steht.

Ich würde mir eher eine Dauerwelle legen, als bei denen etwas zu kaufen.

Designmäßig haben die was drauf.

Ästhetisch sind die gut. Aber mich stört der Massenbetrieb mit seinem vorgetäuscht individuellen Einheitsgeschmack. Ich brauche keine Geschmacksprothese. Muss mir nicht erklären lassen, was mir zu gefallen hat. Die schönsten Dinge liegen eh draußen auf der Straße. Weißt Du, wie viele gut erhaltene Möbelstücke jeden Tag auf dem Müll landen? Nur einen Bruchteil davon können meine Kumpels und ich retten und in den Second-Hand-Laden im Wedding schleppen.

Wie wichtig ist für Dich der Gedanke des Teilens?

Teilen hält das Leben zusammen. Ich teile die Wohnung mit zwei Freunden. Abends sitzen wir in der Küche und erzählen uns den Tag. Zwei- bis dreimal im Monat übernachten bei uns Couchsurfer. Die nehmen dann das Wohnzimmer in Beschlag. Neulich hatten wir ein Pärchen aus Israel da. Demnächst kommen ein paar Amis. Das ist cool, denn so kriegst du mit, wie die Leute anderswo ticken. Umgekehrt brauchst du kein Hotel, wenn du selber mal unterwegs bist. Du klickst dich durchs Netz und schon hast du in Freiburg, Münster oder Paris neue Freunde.

Das Netz verbindet?

Das Netz ist super. Im September will ich für sechs Wochen runter ans Mittelmeer. Also habe ich gestern mal gecheckt, wer da unten alles Hilfe sucht. Babysitten, Haushaltshilfe, Garten umgraben, Wein ernten, Dach decken, die schrillsten Sachen. Ich rücke bei den Leuten ein und mache mich für ein paar Tage nützlich. Dafür habe ich Kost und Logis frei. Und nachmittags ein Stündchen auf der Terrasse oder am Swimmingpool. Oder ich drehe mit dem Fahrrad der Gastgeber ein paar Runden durch das Dorf.

Perfekt. Und Dein Geldbeutel wird geschont.

Genau. Ich brauche nicht viel Kohle zum Leben. Die Klamotten hole ich bei Oxfam oder in der Kleiderstube und trage sie, bis sie auseinanderfallen. Das Werkzeug leihe ich mir aus, ebenso die Bücher aus der Bibliothek. Die Sachen, die mir wichtig sind, passen in einen Rucksack. Da muss ich nicht viel aufräumen. Und verhungern tue ich auch nicht. Wir aus der WG containern bei REWE und bei Lidl. Da retten wir so viele Lebensmittel, dass wir davon eine ganze Fußballmannschaft durchfüttern könnten.

Klasse.

Ich komme mit zwei Minijobs finanziell über die Runden. Das heißt, 15 Stunden Arbeit die Woche und ich bin durch. Und habe dann freie Zeit bis zum Abwinken.

So locker durchs Leben zu hüpfen, dürfte ansteckend sein.

Aber hallo. Schau nur mal ins Netz. Klick mal an ›gerechtes Teilen‹. Die Sehnsucht winkt, die Zahl der Macher wächst. Weltweit und gerade in meiner Generation. Geschwisterliches Teilen gibt den Menschen ihre Würde zurück.

Wo liegt bei alledem der Pferdefuß?

Bring das mal meinen Eltern bei. Für sie vergurke ich mein Leben und setze die Zukunft in den Sand. Doch welche Zukunft? Mama und Papa sitzen jetzt vor der Glotze und zappen sich in ihrem Reihenhaus bis zur Tagesschau durch das Programm. Freitags wird geputzt, samstags der Rasen gemäht, sonntags gibt es den Tatort. Auf den freuen sie sich dann den ganzen Tag. Der Krimi ist dafür da, sich die Langeweile sinnfrei aus der Birne zu dröhnen. Meine Eltern können mit sich überhaupt nichts anfangen.

Keine Ideen, keine Freunde, nichts. Und montags
dann wieder ins Büro. Klappe zu, Affe tot.

3

Auch am 14. September ist ein Ende des Jahr-
hundertsommers nicht in Sicht. Als Frieder am spä-
ten Vormittag bei Hubert Altmann klingelt, öffnet
ihm ein durch die Hitze gezeichneter Mann die Tür.
Er hält sich einen feuchten Waschlappen vor die
Stirn.

»Ich kriege die Krise«, japst der Alte. »Dieses Wetter haut den stärksten Eskimo vom Schlitten. Wo
brennt es, mein Junge, dass Du in dieser Höllen-
hitze zu mir rüberviecherst?«

»Die Geschäfte«, raunt ihm Frieder verschwöre-
risch zu, »sie dulden keinen Aufschub.«

»Da bin ich aber gespannt.«

Der Taxifahrer winkt ihn in die Wohnung.

»Komm mal mit in die gute Stube. Ein Erfri-
schungsbier gibt es nicht. Das kann ich aus kreis-
lauftechnischen Gründen nicht verantworten. Aber
wie wäre es mit einem kleinen Eisbad für die Füße?«

»Lass mal stecken«, lacht Frieder, »ich nehme ein
Glas Kranberger und gut ist.«

»Das sind mir die liebsten Gäste. Schmeiß Dich da
hinten in den Sessel. Und dann schieß los mit Deinen Businessplänen, Amigo. Ich bin ganz Ohr.«

»Ich möchte Dir das Taxi verkaufen. Du sagst, Du
zahlst einen guten Preis.«

»Na endlich kommst Du damit rüber. Wurde
auch höchste Zeit. Die Karre braucht dringend frischen Asphalt unter die Räder.«

»Super«, strahlt Frieder. »Wie viel?«

»Weshalb diese Hetze, Kollege?«

Misstrauisch richtet sich der Alte in seinem Sofa auf.

»Erst löst Du Dich für einen Monat in Luft auf und dann legst Du los, dass die Schwarte kracht. So was habe ich gern.«

»Ich bin im Stress«, entgegnet Frieder.

»Klar. Wie wäre es, wenn Du einem verschwiegenen Freund mal Näheres verrätst?«

»Mein Großvater macht mich fertig mit seinen blöden Interviews.«

»Was ist an den Dingern so blöd?«

»Sie zeigen, was für eine kleine Leuchte ich bin. Vollkommen unbeleckt vom Leben.«

Frieder fasst sich an die Stirn.

»Du kannst mich was fragen über die ›limitierte Akzessorietät der Beihilfe‹ oder den ›strafbefreienden Rücktritt vom Versuch‹. Mit so 'nem Scheiß schlage ich mich gerade in meiner Strafrechtshausarbeit rum. Aber die richtige Musik spielt ganz woanders. Das kriege ich allmählich mit.«

»Gratuliere, Kollege, Du wirst erwachsen. Bevor Du im großen Blues versinkst, solltest Du nur eines bedenken. Kalle hatte ein paar Jahre mehr auf dem Buckel als Du. Es ist doch vollkommen normal, dass er Dir in puncto Lebenserfahrung voraus ist. Für mich ist das keine Schande.«

»Aber ich empfinde es so.«

»Weil Du Dich vor Deinem Großvater nicht blamieren willst. Das ist doch total daneben. Dem ollen Karl musst Du nichts mehr beweisen. Wenn Du es jemandem zeigen willst, dann Dir selbst. Das funktioniert nicht mit Wunden lecken. Und erst recht nicht mit Selbstmitleid.«

Der Taxiunternehmer richtet sich auf und blufft den Jungen an.

»Hast Du denn gar keinen Arsch in der Hose?«

»Doch«, kommt es kleinlaut zurück.

Zufrieden mit der Wirkung seines Auftritts, gleitet Hubert in die Tiefen seiner Couch zurück.

»Damit wäre das geklärt. Kommen wir zurück zum Geschäftlichen. Ich biete Dir für das Taxi den Preis nach der Schwacke-Liste und lege als Freund noch 20 Prozent oben drauf. Das ist kein Beschiss. Und für die Übernahme der Taxikonzession gibt es die berlinübliche Kohle. Das alles cash und Zug um Zug gegen Übergabe der Wagenpapiere.«

»Gebongt«, erwidert der Junge. »Die Knete aber bitte nicht in bar. Du kannst mir den Schotter überweisen.«

»Noch besser. Wenn Du willst, kannst Du auch noch 'ne Nacht drüber schlafen.«

»Kommt nicht in die Tüte«, winkt Frieder ab. »Es gibt da nur noch eine klitzekleine Frage. Bevor ich mich von der Kiste endgültig trenne, möchte ich mit ihr über das Wochenende 'ne größere Runde drehen.«

»In memoriam des Verblichenen?«

»Nee. Weil ich es meinen Kumpels versprochen habe.«

Hubert willigt ohne Zögern ein.

»Cool«, freut sich der Junge.

»Ich habe nur eine Bedingung.«

Hubert streckt den rechten Zeigefinger in die Luft.

»Du verrätst mir auf der Stelle, wohin die Reise geht.«

»Neugierig bist Du wohl gar nicht.«

Frieder grinst.

»Der eine will abfeiern in München, der andere an der Ostsee frische Seeluft tanken. Also habe ich beschlossen, wir fahren nach Hamburg, machen die große Hafenrundfahrt und stürzen uns anschließend ins erweiterte Kulturprogramm. Dann kommen alle auf ihre Kosten.«

»Ausgezeichnet.«

Hubert schlägt sich begeistert auf die Schenkel.

»Passt nur gut auf die einsamen Seemannsbräute auf. Die sind immer so fürchterlich anhänglich.«

»Aye, aye, Käpt'n, wird gemacht.«

4

Kassette Nr. 6
Dienstag, 18. September 2012

Lagerarbeiter, Anfang/Mitte 30, Glaubensflüchtling aus Nigeria, ca. 1,75 Meter, kurzes gekräuseltes Haar, unruhige braune Augen, volles Gesicht, 10 cm lange Narbe auf der linken Wange, große Hände, schlank, schlichter grauer Anzug, weißes Hemd, exakt gebundene rote Krawatte, sauber geputzte einfache schwarze Schuhe

Guten Tag. Wie geht es Ihnen?

Guten Tag. Mir geht es immer gut, wenn ich so freundlich begrüßt werde. Wie geht es Ihnen?

Mir geht es heute nicht gut. Ich bin aufgeregt und ich habe Kummer.

Warum sind Sie aufgeregt?

Weil ich zum Verwaltungsgericht nach Moabit muss. Bitte fahren Sie mich da hin.

Das mache ich gern. Weshalb müssen Sie zum Verwaltungsgericht?

Der Richter will mich etwas fragen. Aber ich will nicht gerne darüber sprechen. Meine Mutter sagt, ich muss höflich und bescheiden sein. Ich muss Allah für alles danken, was er uns schenkt. Ich darf nicht schlecht über andere Menschen reden. Für sie ist das eine Frage der Ehre. Meine Freundin aus Deutschland sagt, ich darf nicht schweigen. Ich muss immer sagen, was mir auf dem Herzen liegt. Sonst verstehen die Menschen in Deutschland mich nicht. Jetzt weiß ich nicht, was richtig ist. Aber heute muss ich unbedingt reden. Sonst muss Yussuf aus Deutschland weg. Mein Sufimeister sagt, Allah wird mir das verzeihen.

Wer ist Yussuf?

Yussuf ist ein junger Mann von 17 Jahren. Er stammt wie ich aus Nigeria, aus einem kleinen Nachbarort von mir. Er ist ein Sufi, wie ich. Ich kenne seine Familie. Ich kenne ihn, da war er noch ein kleiner Junge. Jetzt bin ich schon seit zehn Jahren in Deutschland.

Was will der Richter von Ihnen wissen?

Er will wissen, ob Yussuf nur wegen der Arbeit in Deutschland ist. Das ist er nicht. Yussuf ist ein Flüchtling. Genau wie ich einer war. Er ist seit sechs Monaten in Deutschland. Er hat einen Asylantrag gestellt. Genau wie ich damals. Yussuf musste wegen des Glaubens aus seiner Heimat flüchten. Die Boko Haram ist daran schuld. Das sind Terroristen. Total fanatisch. Die kämpfen mit Feuer und Schwert für die Scharia.

Gibt es nicht ein Sufizentrum in der Ufa-Fabrik in Tempelhof?

Ja. Dort treffen wir uns immer. Es gibt nur wenige Sufis in Deutschland. Wir leben die alte Weisheit des Herzens: Nur die Liebe öffnet den Weg zum Göttlichen in uns. Das ist eine große Wahrheit. Sie steckt in einem jeden von uns.

Jeder Mystiker wird das bestätigen.

Aber die Boko Haram interessiert das nicht. Ihre Glaubenskrieger kamen damals plötzlich in unser Dorf. Sie trieben die Einwohner auf den Platz in der Mitte. Sie machten viel Lärm und riefen auf zum Dschihad. Sie waren ganz aufgeregt. Wir sollten die Scharia befolgen. Das hätte Allah so befohlen. Das wäre die reine Lehre des Islam. Wer sich nicht zu ihr bekennt, sei ein Abtrünniger und des Todes. Dann schossen sie in die Luft und zerrten unsere Ältesten aus der Menge hervor. Unter ihnen war mein Vater. Er weigerte sich, seinen Glauben zu verraten. Er wurde vor unseren Augen erschossen. Dann wurden die anderen getötet. Einer nach dem anderen. Siebzehn Männer. Das Massaker ging eine Stunde lang. Für mich war es eine Ewigkeit. Dann wurden wir Jüngeren geschlagen. Wir wurden mit Messern und Gewehren bedroht. Die Dschihadisten drohten wiederzukommen. Dann müssten wir uns entscheiden. Wir sollten mit ihnen in den Krieg ziehen. Oder wir würden erschossen. So wie unsere Väter. Sie nahmen drei ältere Mädchen mit. Dann verschwanden sie im Urwald.

Was für eine schreckliche Geschichte.

Ja. Das war sehr schlimm. Das ganze Dorf wurde krank vor Kummer. Ich bin der Älteste von sieben Geschwistern. Ich war damals 19 Jahre alt. Meine Mutter machte sich große Sorgen. Sie wollte nicht, dass ich sterbe. Sie verkaufte alles, wofür sie Geld bekommen konnte. Das waren das Haus, die Töpfe und das Vieh. Die anderen Sachen ließ sie den Nachbarn zurück. Meine Mutter sagte, ich muss nach Europa gehen und Geld für die Familie verdienen. In Deutschland wäre es am sichersten. Dann schickte sie mich auf die Reise nach Norden. Ich hatte keine Zeit, mich von den Toten zu verabschieden. Ich flüchtete über die Grenze. Die anderen zogen nach Süden. Sie wollten an die Küste, um zu überleben.

Ihre Mutter ist eine sehr kluge und tapfere Frau. Was Sie betrifft, so ist der Plan wohl aufgegangen.

Ja. Ich bin nach Deutschland gegangen. Die Deutschen haben mich nicht weggeschickt. Sie haben mir ein Dach über dem Kopf gegeben. Sie haben mir zu Essen gegeben. Sie haben mich eingeladen, ihre Sprache zu lernen. Ich darf hierbleiben und arbeiten. Dafür bin ich den Deutschen sehr dankbar.

Das ist doch selbstverständlich. Ich bin im Krieg geboren und aufgewachsen im zerstörten Berlin. Ich weiß, wie es ist, keine Bleibe zu haben. Ich weiß, wie sich Hunger anfühlt. Auch ich habe Nachbarn und Freunde neben mir sterben sehen. Das zerfetzte mir die Seele. Nun haben wir in Deutschland seit siebzig Jahren Frieden und besitzen alles, was wir brauchen. Es war für uns kein Opfer, Ihnen zu helfen. Es war ein schlichtes Gebot des Anstands.

Danke.

Konnten Sie den Kontakt nach Hause zu Ihrer Familie aufrechterhalten?

Ja. Das war ein Wunder. Am Anfang zog meine Mutter mit den Geschwistern ins Nigerdelta. Sie hoffte auf das Erdöl. Sie dachte, sie würde in der Industrie Arbeit finden. Das dachten aber auch schon viele andere vor ihr. Nigeria ist ein schönes Land.

Doch es gibt ein paar schlimme Ecken. Nirgends ist es so entsetzlich wie dort. Die Umwelt ist vollkommen zerstört. Die Polizei ist korrupt. Es gibt viele bewaffnete Milizen. Die ziehen herum und kämpfen gegeneinander um das Öl. Manche von ihnen zapfen die Ölpipelines an. Manche sprengen die Pipelines in die Luft. Das ist ein großes Chaos. Da kann man nicht gut leben.

BP und Shell stört das nicht. Die verdienen sich am Öl aus Ihrem Heimatland immer noch dumm und dämlich.

Also zog meine Familie weiter. Sie lebt nun in einem Vorort von Lagos. Es ist ein sicherer Ort. Zwei meiner Geschwister haben Arbeit im Hafen. Das ist gut. Ich arbeite auch im Hafen. Ich bin Gabelstaplerfahrer im Westhafen von Berlin. Ich verdiene gut. Jeden Monat überweise ich Geld. Das reicht, um meinen jüngsten Bruder auf eine gute Schule zu schicken. Er wird bald studieren. Darauf bin ich sehr stolz.

Das können Sie mit recht sein. Fühlen Sie sich in Deutschland wohl?

Ja. In Deutschland bin ich sicher. Ich habe genug zu essen und zu trinken. Niemand schlägt mich. Ich darf meinen Glauben leben. Dafür bin ich sehr dankbar. Es geht mir besser, als den meisten Menschen auf der ganzen Welt. Aber ich habe immer Heimweh nach Zuhause. Genau wie Yussuf. Wir reden stundenlang nur über unsere Heimat. Dann sind wir glücklich. Danach sind wir traurig. Weil es für uns kein Zurück in die Dörfer unserer Kindheit gibt.

Das verstehe ich sehr gut. Wie geht es Ihnen mit den Menschen in Deutschland?

Sie sind immer so ernst und beschäftigt. Sie haben

wenig Zeit füreinander. In meiner Heimat lachen die Menschen, wenn sie sich begegnen. Sie schauen sich in die Augen und freuen sich.

Haben Sie Schwierigkeiten, weil Sie ein schwarzer Mensch sind?

In Berlin hat mich noch nie jemand verprügelt. Allah sei Dank. Trotzdem bin ich traurig, wenn ich in die U-Bahn steige und mich zu weißen Menschen setzen will. Das ist vielen unangenehm. Manche stehen auf und setzen sich woanders hin. Andere schauen weg oder starren mich ganz böse an. Frauen umklammern ihre Handtaschen, weil sie Angst vor mir haben. Sie denken, ich stehle ihnen ihr Geld. Wenn es mir nicht gut geht, fahre ich lieber Taxi. Im Taxi sind die Leute nicht abweisend zu mir.

Vielen von uns weißen Menschen ist nicht bewusst, wie privilegiert wir allein durch unsere Hautfarbe sind. Wir sehen die Welt durch die Brille unserer kolonialen Vergangenheit. Auch ich ertappe mich oft, dass ich mich überheblich und arrogant gegenüber people of color verhalte.

Mich verletzt das sehr. Ich habe meinen Sufimeister gefragt, was ich dagegen tun kann. Er hat mir gesagt, dass ich in die Schulen gehen soll. Ich soll mit den Lehrern und den Schülern reden. Das mache ich in meiner freien Zeit. Ich erzähle den Schülern von dem Leben in meiner Heimat und von meiner Flucht. Die schwarzen Schüler finden das gut. Manche weiße Schüler lachen darüber. Sie glauben, dass sie etwas Besseres sind. Ich glaube das aber nicht. Und das sage ich ihnen auch.

Sie sind ein mutiger Mann.

Ich sage nur die Wahrheit. Auch wenn die Wahrheit manchmal schwer zu tragen ist. Ich bin immer ganz traurig, wenn ich von meiner Schwester Miriam erzähle. Sie ist vor zwei Jahren gestorben. Sie hatte vergammeltes Fleisch gegessen. Das Fleisch kam aus Europa, vielleicht sogar aus Deutschland.

Das ist ja schrecklich. Wie kommen Sie darauf, dass das Fleisch aus Europa stammte?

Weil mit dem Schiff sehr viel Gefrierfleisch nach Afrika kommt. Seit 2010 ist es besonders schlimm. Da werden einige Länder in West- und Zentralafrika von deutschen und von EU-Fleischresten überschüttet. Sie werden dort zu Dumpingpreisen auf den Märkten verkauft. Meine Mutter kaufte das Billigfleisch, weil sie Geld sparen wollte. Sie kaufte nicht das viel bessere Fleisch von den eigenen Leuten.

Woher kommen die vielen Fleischreste?

Aus den großen Fleischfabriken. Vor einem Jahr öffnete in der Nähe von Hannover die größte Hähnchenschlachterei Europas. Jeden Tag können dort über 400.000 Tiere geschlachtet werden. Dafür braucht man viele Hähnchenfarmen. Die Hähnchen werden nur 30 Tage alt. Dann werden sie geschlachtet.

Ich habe im Fernsehen Bilder gesehen. Sie zeigen, wie sehr die Tiere in den Ställen leiden. Und wie ihr Kot die Böden zerstört und das Grundwasser verseucht.

Das ist vielen Menschen in Deutschland egal. Sie essen gerne Fleisch. Sie mögen leckere Hähnchenschnitzel. Sie lieben marinierte Brustfilets. Die können sie in den Supermärkten billig kaufen. Aber was passiert mit dem Rest? Was machen die Schlachter mit den Flügeln, den Hälsen, den Füßen, den Knochen, den Innereien?

Das ist doch bestimmt Abfall. Der wird in einer

Tierkörperbeseitigungsanlage entsorgt.

Leider nein. Dann müssten die Schlachter dafür zahlen. Das wollen sie nicht. Die Schlachter wollen Geld verdienen. Also machen sie aus den Resten Gefrierfleisch. Und das landet in Afrika.

Welch ein Wahnsinn. Kann man nichts dagegen tun?

Nigeria hat den Import von europäischem Billigfleisch verboten. Sofort entstanden viele Schmugglerrouten, um das Verbot zu umgehen. Die Schmuggler besorgen sich jetzt das Fleisch im Nachbarland Benin. Dann fahren sie es über die Grenze. So kommen jährlich bis zu 300.000 Tonnen an industriellen Fleischresten nach Nigeria. Das ist für die Schmuggler ein gutes Geschäft.

Das ist kriminell.

Ja. Und sehr gefährlich für die Gesundheit. Die Schmuggelrouten sind schwierig und verschlungen. Das Fleisch wird oft nicht gekühlt. Es taut auf. Dann wird es wieder eingefroren. Daraus entsteht das Gammelfleisch. Es ist mit ganz vielen gefährlichen Krankheitskeimen verseucht.

Welch eine menschenverachtende Sauerei.

Ja. In diesem Punkt bin ich mir mit allen meinen Schülern einig.

Kassette Nr. 7
Dienstag, 29. März 2016

Studentin, Anfang 20, glattes hellblondes Haar,
zum Pferdeschwanz gebunden, 1,85 m groß, ca.
80 kg, strahlendes Gesicht, leuchtende blaue Augen
mit Lachfalten an den Seiten, breiter Mund, kraft-
voll zupackende Hände, weißes T-Shirt, blaue Latz-
hose, blaue Turnschuhe mit dicken weißen Schnür-
bändern und weißen Sohlen

Die Karre ist voll bis zum Anschlag. Mehr geht
nicht.
*Mehr muss auch nicht. Wir haben alles reinge-
kriegt, die Bücherkisten, Klamotten, das Blumen-
gestell und die Pflanzen oben drauf. Jetzt steht nur
noch mein Rennrad in der Bude. Morgen noch mal
durchfegen und dann kachele ich meinen Sachen
hinterher. Habe die Route schon im Kopf.*
Wohin geht die Reise?
Rein ins wilde Leben. Ich ziehe nach Eberswalde.
Wildes Leben? Eberswalde? Bist Du sicher, dass
Du nichts durcheinanderbringst? Mir erzählen alle,
das wilde Leben spielt in Berlin, Party 24/7, Kreuzberg, Friedrichshain, Berghain, der anschwellende
Tanz auf dem Vulkan.
*Ach. Davon habe ich nach zwei Jahren die Nase
voll.*
Es hat Dich keiner gezwungen, nach Berlin zu
ziehen.
Stimmt. Das habe ich mir selber eingebrockt. Ich war

einfach zu schissig und naiv. Hatte gerade einen Studienplatz an der Hochschule für nachhaltige Entwicklung ergattert und war darüber fast ausgeflippt vor Glück. Für Ökomenschen ist das so was wie ein Sechser im Lotto. Nur leider ohne Zusatzzahl, weil die Hochschule in Eberswalde liegt, Eberswalde/ Dunkeldeutschland wohl gemerkt. Voll der Kulturschock für ein Mauerblümchen aus dem Westen wie mich. Ich konnte mir beim besten Willen nicht vorstellen, in ein ranziges Kaff zu ziehen, in dem nachts die Bürgersteige hochgeklappt werden. Ich dachte an wallende Nebel im Herbst. An Wildschweine und Nazis, die pöbelnd und randalierend durch die Straßen ziehen. Spiel mir das Lied vom Tod. Also zog ich erst mal in den Wedding. In den angeblich sicheren Westen von Berlin.

Wenn es Dich beruhigt, die Russen sind schon aus Eberswalde abgezogen.

Gegen die Russen habe ich nichts. Ich rege mich über ganz andere auf, die Verkehrsplaner*innen zum Beispiel, die nach der Wende das halbe Oderbruch mit Schnellstraßen zugepflastert haben. Mann ey, so ein Größenwahn. Aber den Ausbau des regionalen Schienennetzes haben sie verpennt. Und ich sitze in überfüllten Zügen und ärgere mich über Ausfälle und Verspätungen. Damit ist ab heute Schluss.

Wenn ich richtig rechne, hast Du nun täglich über zwei Stunden mehr an freier Zeit.

Ist das nicht geil? Und endlich komme ich raus aus dieser Schizophrenie. Morgens in die Uni latschen und über Nachhaltigkeit und Schutz der natürlichen Lebensgrundlagen hirnen. Und nachmittags in Berlin die Shoppingmeile am Leipziger Platz plündern. Habe jetzt richtig Bock auf Eberswalde. Ist 'ne

tolle Stadt mit guten Typen und 'nem eigenen Filmfestival im Herbst. Es gibt so vieles, was ich dringend ausprobieren muss.

Womit fängst Du an?

Kochen, Tanzen, Fahrradfahren.

Wieso kochen?

*Ich liebe es, auf den Geschmack zu kommen. Des-
halb probiere ich immer neue Rezepte aus. Esse gerne
würzig und scharf.*

Sehr sympathisch.

*Essen ist echt ein Geschenk, gutes Essen ein großes
Fest. Ist ja nicht selbstverständlich, dass wir uns an
einen gedeckten Tisch setzen können.*

Was hältst Du von Aldi oder REWE?

*Gar nix. Dann schon lieber die Sachen aus der Re-
gion, frisch vom Erzeuger, ohne diesen ganzen Plastikmüll. Es gibt so viele Ökohöfe in der Nähe. Am
besten schmecken sowieso die Sachen aus dem eigenen Garten. Meine Freunde und ich pflanzen demnächst Kartoffeln. Erbsen und Bohnen sind um die
gleiche Zeit dran.*

Zurück zu den Wurzeln. Zurück zur Natur.

*Ja. Das ist der Weg. Bald haben wir Mai. Weißt Du
wie schön es ist, barfuß durch den Buchenwald zu
laufen? Und dann für ein paar Minuten stehen zu
bleiben und die Augen zu schließen? Deine Füße verbinden sich mit der Energie der Erde. Über die Nase
ziehst du nach dem gestrigen Regen den Duft des
Moders ein. Deine Haut atmet Frische. Du lauschst
dem Gesang der Vögel. Und lässt dich blenden von
den Strahlen der Sonne, die zögernd das Grün der
Bäume durchbrechen.*

Mich macht so etwas still.

Ich fange an zu tanzen.

Ein Tanz des Lebens?

Vielleicht. Ich lasse mich verführen von der Freude meines Körpers. Sie verbindet sich mit den Elementen und passt sich ihren Rhythmen an. Im Wandel der Bewegung zerfließt die Angst. Ich verliere alle Hemmungen. Das ist Leben pur.

Aus dem, was Du sagst, strömt so viel Zuversicht.

Das ist, weil ich gerade so glücklich bin. In Eberswalde bin ich gut eingebunden in die Kreisläufe der Natur. Es gibt in der Umgebung viele heile Orte, die ich nur mit dem Fahrrad oder dem Kanu erreiche. Für sie habe ich demnächst viel Zeit.

Das klingt nach Idylle.

Ja. Obwohl die Idylle trügt. Die Natur nimmt auf mich keine Rücksicht. Sie ist und bleibt unberechenbar.

Das bringe mal einem Großstädter bei.

In unserer Wohlstandsgesellschaft fehlt vielen der Respekt vor den Urgewalten. Dabei wäre bei der Oderflut 1997 fast das halbe Oderbruch abgesoffen. Das liegt bei Eberswalde ganz um die Ecke. Und nun das blanke Gegenteil. In den letzten Jahren gab es hier viel zu wenig Wasser. Jetzt kämpfen alle mit der Trockenheit. Die Weiden verdorren. Den Bauern geht das Futter aus. Freunde von mir betreiben in der Nähe von Brodowin einen Bauernhof. Noch ein zweiter Hitzesommer in Folge und sie müssen ihre Kuhherde halbieren. Mehr Tiere bekommen sie dann nicht mehr über den Winter.

In Dürrezeiten brennen in Brandenburg auch gern die Wälder.

Das ist an unserer Hochschule ein großes Thema. Eigentlich bräuchte es sofort eines großflächigen Waldumbaus. Raus aus den Kiefernmonokulturen, rein in klimaresistentere Bewirtschaftungsformen. Ich weiß, das dauert Jahrzehnte. Doch wir müssen da flächendeckend ran. Und zwar jetzt. Zumal in großen Teilen Brandenburgs der Grundwasserspiegel kontinuierlich sinkt. Ein, wie es aussieht, unumkehrbarer Trend mit weitreichenden Folgen für das gesamte Ökosystem. Durch das ewige Rumpalavern über den Klimawandel haben wir schon viel zu viel Zeit verplempert.

Ich sehe, das Studium macht Dir Spaß.

Und wie. Hier geht es ohne Geschwafel zur Sache.

Demnächst stürze ich mich in die Kultur. Darauf freue ich mich schon jetzt.

Vom Filmfestival hast Du bereits gesprochen.

Das meine ich diesmal nicht. Im August öffnen die Künstler*innen im Oderbruch für ein Wochenende ihre Werkstätten und Ateliers. Die sitzen in alten Schulgebäuden oder aufgelassenen Bauernhöfen, backen bergeweise Kuchen und hoffen auf gutes Wetter und reichlichen Besuch. Für den nötigen Kunstumsatz sorgen die zahlungskräftigen Berliner, für die gute Stimmung meine WG-Genoss*innen. Das behaupten sie jedenfalls von sich. Für meine Freund*innen ist die Rundtour ein ›must do‹. Ich radele zum ersten Mal mit.

Du wirst es bestimmt nicht bereuen. Ich treibe mich häufiger in der Uckermark rum. Da gibt es auch eine ganz lebendige Aussteigerszene von kreativen Typen mit dem Herzen am rechten Fleck. Die sind untereinander bestens organisiert. Im Sommer feiern sie reihum ihre Gartenfeste. Im kalten Winter gibt es kleine Dichterlesungen oder Gesprächsabende am Kamin. Weißt Du schon, was Du nach dem Studium machen willst?

Ja. Networking. Das wäre mein Traum.

Geht es auch konkreter?

Ich halte nichts davon, über den Klimawandel zu reden, als handele es sich um ein zu lösendes technisches Problem. Das wäre mir zu einfach. Ich lasse die Naturkatastrophe an mich heran, akzeptiere die Wucht, mit der sie mein bisheriges Leben über den Haufen wirft. Stoppen kann ich den Wandel nicht, aber ich kann mich ihm anpassen und das mir Mögliche tun. Ganz konkret. Dafür suche ich Verbündete.

Wie ich Dich kenne, hast Du bereits ein Projekt im Auge.

Es ist wohl eher eine Vision. Ich habe sie ›Vision lebendige Ostsee‹ getauft.

Was steckt dahinter?

Letztes Jahr bin ich den dänischen Teil der Ostseeküste abgeradelt. In diesem Sommer knüpfe ich mir die 780 Kilometer von Flensburg nach Ahlbeck vor. Im nächsten Jahr geht es dann über Polen hoch ins Baltikum. Die Ostsee zieht mich magisch an.

Natur und Sonne pur.

Ja. Und viele Aktivist*innen, die sich dafür ins Zeug legen, dass das fragile Ökosystem nicht kippt. Die Ostsee braucht unseren Schutz. Vor Überdüngung, vor Überfischung, vor Verschmutzung durch Plastikmüll und den kommerziellen Schiffsverkehr. Dann wird sie sich wieder berappeln. Darin sind sich die Experten einig.

Was die Selbstheilungskräfte der Natur betrifft, bin ich guter Hoffnung.

Ich auch. Hinzu kommt das kollektive Gedächtnis der Menschen. Über Jahrhunderte prägte die Hanse diesen Kulturraum und brachte ihn zu wirtschaftlicher Blüte.

Ihr Gemeinschaftsgeist wird zumindest in Fensterreden weiterhin bemüht. Erst dieser Tage wird ihm durch die Eröffnung des Hansemuseums in Lübeck ein spektakuläres Denkmal gesetzt.

Es sind nicht nur die Fensterreden. Dieser Geist existiert tatsächlich. In ihm wendet sich die Zeit. Die neue Öko-Hanse formiert sich. Sie legt demnächst ihre ersten Schiffe auf Kiel. Ich möchte beim Segelsetzen helfen.

IV. WOHER KOMMT DIE KRAFT?

1

»112 : 55! Nie zuvor in der deutschen Basketballgeschichte ist ein Bundesligateam besser in eine neue Saison gestartet. Never ever. Und ich war als einer von 9000 total ausgerasteten Fans dabei.«

Geflasht vom Feuerwerk, das die Albatrosse soeben in der Mercedes-Benz Arena abgebrannt haben, lässt sich Frieder am Ostbahnhof auf einen Sitz der S 7 Richtung Grunewald fallen.

»Mit vielem hatte ich gerechnet. Aber nicht, dass Alba die Truppe aus Jena so gnadenlos in ihre Einzelteile zerlegt. Die jüngste Mannschaft der Liga ist nicht vor Ehrfurcht erstarrt vor den großen Namen der Berliner Ehemaligenriege. Sie hat was riskiert, in ihrer ungebremsten Lust auf mehr schnell und locker den Ball bewegt und das älteste Team der Liga in Grund und Boden gespielt. Ein richtiges Statement, mega geil.

Wie kommt so ein Basketballwunder zustande? Das kann nicht nur an der körperliche Frische liegen, an den schnelleren Beinen, der jugendlichen Kraft. Wie oft habe ich es schon erlebt, dass dynamisch auftrumpfende Teams durch ein ruhiges und abgezocktes gegnerisches Spiel aus den Angeln gehoben werden. Hier clever ein Foul gezogen, dort cool einen Dreier versenkt. Und schon liegen die Nerven der Himmelsstürmer blank. Spiele werden nicht in den Füßen entschieden, sondern im Kopf.

Was ging da heute in den Köpfen der Albarosse vor? Was hatte sie so überlegen gemacht?

Die erste Antwort heißt natürlich Aito. Der weise alte Trainer ist für mich jetzt schon Kult. Wie ruhig und gelassen der auf der Bank sitzt und an seiner Wasserflasche nuckelt. So, als ginge ihn das alles überhaupt nichts an. Dann steht er auf. Und schon wissen die Spieler, der Häuptling ist sauer. Jetzt läuft was schief. Minimalistische Körpersprache, großer Effekt. Aito faltet sein ballführendes Personal nie öffentlich zusammen. Weil er nicht das halbleere Glas bekämpft, sondern wohlwollend auf das halbvolle blickt. Die Spieler sollen sich weiterentwickeln, die Mannschaft soll wachsen. Es ist schön, wenn sie gewinnt. Wichtiger ist, dass sie gut spielt. Aito fordert von den Spielern sich auszuprobieren. Niemand muss sich schämen, wenn er einen Pass versemmelt oder einen freien Wurf auf die Ringkante setzt. Hauptsache, die Leute trauen sich was, lesen das Spiel und kreieren ihre Angriffszüge selbst. Hauptsache, sie lernen aus Erfahrung hinzu. Das macht sie wacher im Kopf und das Spiel der Albatrosse so unberechenbar und beschwingt.

Aber es kommt noch was anderes hinzu. Franz Wagner hat heute bei einer Trefferquote von 100 Prozent mit 12 Punkten perfekt performt. Wie schafft er es mit seinen 17 Jahren, so abgezockt und cool zu sein? Oder Schneider und Peno. Die sind erst 21 und feuern ihre Dreier ab oder tanzen durch die Zone, als sei es das Selbstverständlichste von der Welt. Dazu Hundt, 20, und Mattisseck, 18, die begierig auf ihre Einsatzchance lauern. Diese Youngsters platzen vor Entschlossenheit. Liegt es daran, dass sie so fest an sich glauben? An ihre innere Stärke und ihr basketballerisches Talent? Dass sie darauf brennen, Flagge zu zeigen?

Schaut her, hier bin ich, jetzt haue ich mal richtig einen raus?

Diese Jungs sind Männer. Und ich bin 19 und komme mir vor wie ein Kind. Reiß dich zusammen, Alter, da geht noch was.«

Die S-Bahn fährt in den Bahnhof Grunewald ein. Beschwingt steigt Frieder aus.

»Als Erstes räume ich mal mit den verkorksten Familienverhältnissen auf.«

Er steigt aufs Rad und braust fröhlich pfeifend davon.

2

Kassette Nr. 8
Mittwoch, 21. Oktober 2015

Junger Mann, Mitte 20, Lebensberater, 1,85 m, fit wie ein Asket, volles braunes Haar, große Brille mit schwarzem Rand, prüfender Blick, Dreitagebart, grau kariertes Hemd unter hellgrauem Pullover, schwarze Fleecejacke, dunkelgraue Stoffjeans, graue Wildlederschuhe, kleiner Outdoorrucksack

Guten Morgen, ich möchte in spätestens einer Dreiviertelstunde in Tegel-Ort sein. Kriegen wir das hin?

Das müsste klappen. Morgens um 10 Uhr kommt man vom Hauptbahnhof gut weg. Ich hoffe, Sie hatten eine angenehme Reise.

Der ICE von Hamburg ist ein Gedicht. Fensterplatz reserviert, Kopfhörer aufgesetzt, Meditationspodcast gestartet und durch die herbstliche Tiefebene geschwebt. Besser kann man nicht downshiften.

Sie sind ein viel beschäftigter Mensch?

Geht so. Ich lasse mich nur nicht gern hetzen, auch wenn es im Moment so aussehen mag.

Was machen Sie beruflich?

Ich leite Menschen an, im Umgang mit dem Internet erwachsen zu werden. Das geht nicht ohne innere Ruhe und Distanz. Wenn ich bei meinen Vorträgen und Workshops den zappelnden Alleinunterhalter raushängen ließe, hätte ich meinen Job verfehlt.

Wird nicht gerade das von Ihnen erwartet? Anheizer zu sein auf dem virtuellen Markt der Möglichkeiten? Je schriller, desto besser?

Ja. Und da liegt ein Problem. Viele Teilnehmer setzen sich hin und lassen den Kasper da vorne tanzen. Soll der gefälligst liefern. Schließlich wird er für gute Unterhaltung anständig bezahlt. Hier ein kleines Filmchen, dort ein paar fetzige PowerPoint-Folien durch sonnige Sprüche leicht und flockig präsentiert. Hauptsache, es tut nicht weh. Mir geht dieses Chi-Chi-Gehabe tierisch auf den Geist.

Was setzen Sie dieser Anspruchshaltung entgegen?

Ich werde persönlich und konkret. Eigentlich erzähle ich nur von mir und den Erlebnissen meiner Freunde.

Das rüttelt die Leute auf?

Die Hardliner erreiche ich nicht. Die lassen spätestens an dieser Stelle die Jalousien runter. Andere fühlen sich durch meine Geschichten auf die eine oder andere Weise ertappt. Sie fangen an nachzudenken. Dann habe ich sie da, wo ich sie haben will.

Ist das schon viel?

Für einige ja. Sicher ist es nur der erste Schritt.

Sie müssen eine bunte Kindheit und Jugend gehabt haben.

In gewisser Weise schon. Dabei fing alles ganz harmlos

an. Jedenfalls im Vergleich zu heute. Heute achten viele Eltern bereits beim Kauf des Kinderwagens auf die Haltevorrichtung für das iPad.

Ist doch praktisch. Die Kleinen werden durch die bunten bewegten Bilder abgelenkt und ruhig gestellt.

Ich blieb von frühkindlichen Anmutungen dieser Art verschont. Mein Einstieg in die elektronische Welt erfolgte erst mit Sieben auf der alten Konsole des Vaters. Da durfte ich Pong spielen. Dann gab es zum achten Geburtstag einen Game Boy. Mit Zwölf ergatterte ich den gebrauchten Computer meiner Cousine und zog mir offline immer wieder dieselben Spiele rein. Das Internet war damals zu Modemzeiten noch zu teuer. Der große Durchbruch kam mit Vierzehn in Form des ersten Laptops und DSL-Zugang. Ab da gab es kein Halten mehr.

Das klingt fast nach der Gnade der frühen Geburt. Ihnen blieb als kleiner Junge der Sog des Netzes erspart.

Gott sei Dank. Als ich vier war, blies ich in meiner schmucken grünen Strumpfhose mit guten Freunden zum ritterlichen Kampf. Das Holzschwert war unsere Waffe, die Wiese neben dem Haus unser Aufmarschplatz. Im Wald dahinter lauerte der grimmige Feind. Wir mussten sehr mutig sein, um uns in das dunkle Grün des Unterholzes zu trauen. Bis die Sonne unterging, waren wir echte Abenteurer. Aber später, das Netz, das war anders. Das wurde mir schnell bewusst. Per Mausklick trat ich ein in eine riesige animierte Welt. Die strotzte nur so von Fabelwesen, Monstern und gegnerischen Warlords. Ich erstellte im Spiel einen ersten eigenen Charakter. Den konnte ich leveln und mit jedem Aufstieg

weiterentwickeln. Dazu musste ich mir Items er-
kämpfen. Das waren die unterschiedlichsten Gegen-
stände, Waffen, Rüstungen, Pflanzen, oder auch be-
sondere Fertigkeiten. Verschiedene Rankings zeigten
an, wie stark ich verglichen mit den anderen Figu-
ren war.

Das heißt, Sie spielten nicht länger eins zu eins
gegen die Maschine.

Wo denken Sie hin? Das hätte nicht gefetzt. In der
Hochphase des Spiels waren um die 2000 Charak-
tere auf dem Server unterwegs. Ich war unter den
TOP 5 und genoss dementsprechend in der Commu-
nity einen exzellenten Ruf. Wir organisierten uns in
Gilden und zogen in den Krieg. Meine Gilde nannte
sich ›Die Templer‹ und ich mit meinen fünfzehn
Lenzen war der Anführer. Ich hatte die Autorität,
über den Aufnahmeantrag eines vierzigjährigen Fa-
milienvaters zu entscheiden. Das fand ich cool. Ich
fühlte mich erwachsen.

Es war bestimmt nicht leicht, in der Hierarchie so
weit nach oben zu klettern.

Das schaffte garantiert nicht jeder. Doch ich hatte
Köpfchen, technisches Geschick und Ausdauer und
jede Menge Adrenalin im Blut. Mein Einsatz wurde
gewürdigt. Ich hatte Erfolg. Das war die Bestäti-
gung, die es im echten Leben nicht gab. Schwierig
wurde es, als ich an der Spitze der Karriereleiter an-
gekommen war. Da wollte ich mich festsetzen. Aber
um mich auf diesem Level zu behaupten, brauchte
ich mehr Zeit. Ich musste wissen, was die anderen
großen Spieler gerade an Schweinereien aushecken.
Die saßen auf Hartz IV rund um die Uhr vor ihrer
Maschine. Und ausgerechnet ich musste zur Schule.
Das fand ich unfair. Es verzerrte den Wettbewerb.

Als Erstes stellte ich die Hausaufgaben ein. Dann schwänzte ich zunächst stunden-, später tageweise den Unterricht. Die gefälschten Elternunterschriften machten es möglich. An den Wochenenden deckte ich mich reichlich mit Snacks und Kaltgetränken ein. Dann dunkelte ich professionell das Zimmer ab und war spätestens um 9 Uhr online. Dort erwarteten mich meine Freunde am Computer. Wir mischten die Gegner auf, bis nachts um zwei und manchmal auch noch länger. Das Zeitgefühl war total im Eimer. Wir waren im Spiel gefangen. Die Ferien daddelten wir von montags bis sonntags durch. Tagelang mussten wir im selben Gebiet denselben Gegner bekämpfen. Kaum hatten wir ihn niedergerungen, wartete die nächste große Challenge auf uns.

Was sagten Ihre Eltern dazu?

Die kriegten zum Glück nur einen Bruchteil mit. Aber das reichte, um total sauer zu reagieren. Erst recht, als ich in der 9. Klasse eine Ehrenrunde einlegte. Die ließ sich nicht vermeiden. Dafür waren meine schulischen Leistungen zu tief in den Keller gerauscht. Meine Eltern tobten. Sie flehten mich an. Sie wünschten mir die Pest an den Hals. Doch das Theater hätten sie sich sparen können. Ich hatte auf Durchzug gestellt. Weil es verdammt noch mal Wichtigeres gab. Ich musste in der besseren Welt, in der ausnahmsweise ich mal vorne war, meine Claims verteidigen. Die Schuld dafür schrieben sich meine Eltern zu. Die beiden ließen sich um die Zeit gerade scheiden.

Das ging bestimmt nicht auf Dauer gut.

Nein. Der Druck auf dem Kessel stieg und irgendwann kam es zum finalen Showdown. Es war an einem Samstagnachmittag im Juli. Da stürmte meine Mutter wie eine Furie in meine Dunkelkammer. Sie riss Gardinen und Fenster auf. Das grelle Licht stach mir in die Augen. Dann ätzte sie mich an. Wir gaben uns gewaltig die Kante. Niemand ruderte auch nur einen Zentimeter zurück. Am Ende riss sie mir den Laptop aus der Hand. Da brannten bei mir die Sicherungen durch. Ich rastete fürchterlich aus. Meine Mutter holte Schwung und donnerte mir das Gerät heulend auf den Kopf. Da war mir klar, irgendwas läuft hier gründlich schief.

War das die Kehrtwende?

Ja. Nach Abklingen des Brummschädels legte ich mir die Karten. Das war brutal, weil es ans Eingemachte ging. Eine gottverdammte Nacht grübelte ich durch. Dann stand meine Entscheidung fest. Ausstieg – und das sofort. Ich tat es meinen beiden kleinen Schwestern zuliebe. Die brauchten mich in dem ganzen Scheidungsgedöns gerade sehr. Ich verkaufte den Account. Mein Charakter brachte mir anständig Kohle ein, war halt ein TOP-5-Charakter. Plötzlich hatte ich Zeit. Die innere Leere füllte ich mit meinen sechzehneinhalb Jahren mit Alkohol. Ich brauchte den Rausch, um die Schule halbwegs zu ertragen. Von diesem Vormittagsprogramm versprach ich mir immer noch nichts. Die Motivation zu büffeln oder Hausaufgaben zu machen war total verpufft. Und die Lehrer gaben mir mit ihrem affigen Überlegenheitsgehabe den Rest.

Das klingt nicht gerade nach einer gelungenen Rückkehr ins reale Leben.

Die brauchte Zeit. Ich startete nach der 10. Klasse eine Lehre als Kfz-Mechaniker. Das war viel Arbeit. Ich hatte Schichtdienst und wurde äußerst lausig bezahlt. Aber am Ende eines Tages hatte ich was geschafft.

Das war bestimmt ein gutes Gefühl.

Absolut. Es brachte mir wieder Boden unter die Füße. Ich konnte schrauben, ich konnte tüfteln, ich durfte mich beweisen. Das waren Dinge zum Anfassen. Für das Ergebnis hielt ich die Rübe hin. Wenn ich es verdient hatte, bekam ich einen zwischen die Ohren. Das brachte mich weiter.

Trotzdem kehrten Sie dem Job den Rücken.

Ja. Nach der Lehre war für mich Schluss. Schuld daran war die Liebe. Besser gesagt, meine Freundin Johanna. In sie verknallte ich mich im dritten Lehrjahr. Und sie verschoss sich in mich.

Rosamunde Pilcher lässt grüßen.

Ja schon. (lacht) Johanna ist mein größtanzunehmendes Glück. Sie hat mir den Blick für das Leben geöffnet.

Jetzt werden Sie nicht pathetisch. Das passt nicht zu Ihnen.

Mag sein. Aber ich denke vier Jahre zurück. Ohne Johanna hätte ich mich nicht aufgerafft zu einem Rucksackurlaub, der uns quer durch Indonesien führte. Sechs Wochen tingelten wir durch das Land. Fernab aller Touristenpfade. Mein Rucksack hier erinnert mich daran. Wir trafen auf Menschen mit einem komplett anderen Lebensgefühl. Stunden-, teilweise tagelang warteten wir gemeinsam auf den nächsten Bus. Der fuhr nicht nach Plan, sondern wenn er voll war. Das fanden alle okay. Mich brachte es zu der Frage, die mich seitdem verfolgt: Wer bin ich und wo will ich hin?

Die Frage aller Fragen. Verraten Sie mir Ihre Antwort?

Das würde ich sofort tun, wenn ich sie wüsste. Immerhin kann ich Ihnen sagen, wo sie die Antwort garantiert nicht finden: im ›world wide web‹. Diese Lektion habe ich gelernt. Ich weiß, dass ich nicht Teil der Scheinwelt wechselnder Identitäten bin, in der ich mich in meinem früheren Leben so bitter verheddderte. Ich bin nicht derjenige, der Angst besetzt einer Verschwörungstheorie nach der anderen aufsitzt, nur weil mich YouTube unbestellt mit ihnen füttert. Ich bin nicht derjenige, der sein Ego durch vermeintliche Freunde in den sozialen Netzwerken in falschen Sicherheiten wiegt.

Ich kann mir selbst nur in der Realität begegnen.

Das ist der entscheidende Punkt. Deshalb bemühe ich mich, in dieser Realität zu leben. Ich wohne mit meiner Freundin in einem kleinen Nest in der Nähe von Lüneburg. Dort fühlen wir uns wohl. Am glücklichsten bin ich, wenn ich morgens die Hühner füttere, um anschließend mit dem Hund durch die Gegend zu stromern. Da gibt es Augenblicke, da bin ganz bei mir.

Das hört sich gut an.

Das ist gut. Und trotzdem sehe ich mich nicht in der Rolle des Aussteigers. Weil es nur die rechte Mischung macht. Wer sich von der Welt abschottet, verweigert sich dem Leben. Genau wie der, der sich dauernd im Internet vergurkt. Das werde ich später meinen Kindern so sagen.

Sie werden bestimmt ein guter Vater sein, der sich nicht als Produktentwickler ehrgeizzerfressener Kleinperfektionisten versteht. Mir tun die Kinder leid, für die die Welt schon untergeht, wenn sie im dritten Schuljahr nur mit einer zwei in Deutsch nach Hause kommen.

(Lacht) Keine Sorge. Mit der Karriereplanung lassen wir uns Zeit. Und mit den guten Noten auch.

Die Zwerge sollen erst mal herausfinden, was ihnen wirklich Spaß macht.

Und wenn es das Computerspielen ist?

Warum nicht? Das gehört in einer digitalen Welt dazu.

3

»Mama, nun mal ehrlich. Warum ist Papa damals ausgezogen?«

Frieder nimmt die Kuchenschaufel und zieht sich ein Stück vom gedeckten Apfel auf den Teller. Das ist seine Lieblingstorte. Seine Mutter hat sie für ihn gebacken und auf die mit Blumen geschmückte Kaffeetafel gestellt.

»Warum willst Du das wissen?«

Sie reicht dem Jungen die Schüssel mit der frisch geschlagenen Sahne.

»Weil Du mir die ganze Zeit erzählst, er habe Dich nicht heiraten wollen. Da hättest Du ihn rausgeworfen. Papa behauptet das genaue Gegenteil.«

»Hast Du mit ihm gesprochen?«

Die Mutter schaut verwundert auf.

»Du hast doch schon lange keinen Kontakt mehr zu ihm.«

»Ich war letztes Wochenende in Weimar. Ich wollte Papa von der Erbschaft erzählen und herausfinden, ob er etwas über Großvater weiß.«

»Wie sollte Dein Vater etwas von ihm wissen? Er hat Opa doch nie kennengelernt.«

Die Stimme der Mutter wird gereizter.

»Vielleicht hat sich Oma mit ihm mal über Opa unterhalten.«

»Hinter meinem Rücken? Das wäre ja noch schöner.«

»Reg' Dich nicht auf. Papa wusste von nichts.«

Der Junge lässt sich durch die wachsende Härte in Mutters Stimme nicht von seinem Kurs abbringen.

»Trotzdem war die Reise wichtig. Mir hast Du immer erzählt, Papa hätte Dich nicht heiraten wollen und nun höre ich genau das Gegenteil. Papa sagt, dass Du es warst, die sich nie hätte binden wollen. Er sagt, er hätte Dich geliebt und sich sämtliche Arme und Beine für uns ausgerissen. Aber Du habest ihm nie vertraut. Weil Du immer Angst hattest, noch mal so verletzt zu werden wie damals, als Opa plötzlich weg war. Papa sagt, er habe immer gehofft, dass Du darüber wegkommst und seine Liebe erwiderst. Aber das funktionierte nie. Am Ende packte er die Koffer und ging.«

»Das geht Dich gar nichts an. Das ist eine Sache zwischen Deinem Vater und mir«, braust die Mutter auf.

»Jetzt hör' endlich auf zu mauern. Das geht mir tierisch auf den Zeiger.«

Frieder gerät in Rage.

»Wer hat mich denn die ganzen Jahre zugetextet, ich solle mich bloß von Papa fernhalten? Er übe einen schlechten Einfluss auf mich aus. Und ich Blödmann bin auf diese Sprüche reingefallen. Das ist doch krank.«

Wütend packt der Junge die Kaffeetasse, nimmt einen Schluck und verbrennt sich prompt den Mund.

»Weißt Du, was für ein beschissenes Gefühl es ist, wenn man seinen Brüdern gegenübersteht und der Große ist schon 8, und der Kleine 6? Warum bin ich Idiot nicht viel früher draufgekommen, Papa einfach mal zu besuchen? Wir haben auf der Wiese hinter dem Haus Fußball gespielt. Die Zwerge waren ›FC Bayern‹ und ich ›Dortmund‹. Und Papa war im Tor. Seine neue Frau hat uns angefeuert und mit Limo und Eis versorgt. Das war ein echt cooler Tag. Ich fahr ' da demnächst wieder hin.«

»Das freut mich für Dich.«

»Ach wirklich?« faucht Frieder. »Den zynischen Unterton kannst Du Dir sparen. Wenn sich jemand gefreut hat, dann waren es die Leute in Weimar. Und ich Kamel hatte vorher so eine Muffe. Papa und ich sind durch die Ilmwiesen zu Goethes Sommerhaus gelaufen und haben Tacheles geredet. Ich hatte so 'nen Frust, weil er die ganzen Jahre auf Tauchstation gegangen war. Papa hat sich dafür entschuldigt, obwohl es für Eltern bei so was keine Entschuldigung gibt. Immerhin, die Sache war ihm peinlich und das nehme ich ihm ab.«

Frieder schaut seine Mutter eindringlich an.

»Mama, ich frage Dich zum letzten Mal, »warst Du es, die Papa in die Pilze geschickt hat?«

»Ja, mein Junge. Dein Vater hat leider recht«, flüstert sie geknickt.

»Und warum hast Du mir das nie gesagt?«

»Weil ich Dich nicht auch noch verlieren wollte.«

»Verlieren wirst Du mich deshalb nicht. Das kann ich Dir versprechen. Doch eines ist seit Weimar genau so klar. Mit dem verlogenen Rumgeeiere ist jetzt endgültig Schluss. Ab sofort handelt jeder von uns auf eigene Rechnung.«

»Wie meinst Du das?«

»Wenn wir so weitermachten wie bisher, wären wir ein Team der Schwäche, der betrogenen

Kinder, die sich aneinander klammern wie ver-
lorene Äffchen. So etwas will ich nicht mehr.«

Nach kurzer Pause setzt Frieder nach.

»Du hast mir zwölf Jahre des Lebens mit meinem
Vater geklaut.«

»Frieder, mein Junge, es tut mir so leid. Ich wollte
immer nur das Beste für uns. Das musst Du mir
jetzt glauben.«

»Das tue ich, Mama. Ich habe nicht vergessen,
wie Du Dich die ganzen Jahre für Oma und mich
abgerackert hast. Aber jetzt brauche ich Distanz -
und Zeit für mich. Bitte lass mich endlich los.«

Frieder steht auf, geht um den Tisch und nimmt
seine weinende Mutter tröstend in den Arm. Dann
verlässt er grußlos das Haus.

4

Kassette Nr. 9
Freitag, 8. Dezember 2017

Radioastronom, Mitte 40, ca. 1,70 Meter, braun ge-
locktes Haar, buschiger Vollbart, lustige blaue Augen, Nickelbrille, braungebrannt, kleines Bäuchlein,
hellblaues Hemd, abgewetztes dunkelblaues Samt-
sakko, dunkelgraue Stoffhose, braune leicht stau-
bige Schuhe mit abgelaufenen Hacken, ein grauer
Lodenmantel achtlos über den Arm geworfen, dun-
kelbraune Lederaktentasche

Hallo. Ich möchte nach Staaken. Da gibt es ir-
gendwo in der Nähe der Bruno-H.-Bürgel-Stern-
warte einen Vereinsraum der Hobbyastronomen. Ich
weiß nur, dass ich dort einen Vortrag halten soll.

Die Adresse habe ich gerade nicht im Kopf.

Kein Problem. Das Vereinsheim kenne ich. Es liegt direkt am ehemaligen Grenzkontrollpunkt auf Westberliner Seite. Was wollen Sie denn den Sternforschern beibringen?

Wenn es Sie interessiert, ich berichte über neueste Erkenntnisse aus der Radioastronomie. Das ist das Spezialgebiet der Sternenkunde, in dem astronomische Objekte mittels der von ihnen ausgesandten Radiowellen untersucht werden.

Sagen Sie bloß, es geht um die Neutrinos aus der Antarktis.

Natürlich geht es um die Neutrinos, worum sonst? Sie sind zurzeit das Gesprächsthema Nr.1 in der Community.

Ich habe darüber in der Zeitung gelesen. Die schreiben, die Wissenschaft stehe Kopf.

Das ist ein wenig übertrieben. Aber es stimmt schon, neulich ging uns ein ganz dicker Fisch ins Netz.

Können Sie das einem Laien mal erklären?

Gern. Dafür muss ich allerdings ein wenig ausholen.

Kein Problem.

Alles begann vor fünf Jahren, als Forschern erstmals der Nachweis von Neutrinos gelang. Diese sehr kleinen Teilchen aus der kosmischen Strahlung waren mit einer erstaunlichen Energie und Wendigkeit Milliarden von Lichtjahre im Universum unterwegs. Am Ende der Reise stießen sie auf die Erde und wir registrierten den Aufprall über einen großen Detektor im Antarktischen Eis.

Das war ja schon eine fette Sensation. Nun schreibt die Journaille, Wissenschaftler hätten eine extragalaktische Quelle dieser Strahlung geortet.

Stimmt. Darüber werde ich reden. Und über den Trick, der es uns ermöglichte, diese Quelle zu finden. Wir beobachteten diesmal nicht nur das Strahlungsverhalten der Neutrinos, sondern zeitgleich den Verlauf der Gammastrahlung.

Reisen Neutrinos und Gammastrahlen nicht im Huckepackverfahren durch das All?

Sie nehmen die Pointe vorweg. Als die Kollegen auf der Messstation am Südpol am 22. 9. 2017 außergewöhnlich viele Einschläge von Neutrinos registrierten, schlugen sie bei den Gammastrahlmessern Alarm. Die warfen in einer konzertierten Aktion blitzschnell ihre über die ganze Erde verteilten Messgeräte an. Und siehe da. Die parallel gemessene erhöhte Gammastrahlung ging von einer fast vier Milliarden Lichtjahre entfernten Galaxie im Sternbild Orion aus. Genauer gesagt, von dem riesigen schwarzen Loch in ihrem Zentrum. Aus seinem Jet schossen gewaltige Teilchenmengen ins All. Der Teilchenstrom war direkt auf die Erde gerichtet. In ihm tummelten sich auch unsere Neutrinos.

Nun kennen Sie nicht nur Empfänger, sondern auch Absender der Neutrinostrahlung. Und wofür ist das Nütze?

Dieses Wissen hilft uns, die Fragen zu verfeinern, die wir an die Funktionsweise von schwarzen Löchern haben. Zum Beispiel würden wir gerne verstehen, wie die Energie entsteht, die Neutrinos in die Lage versetzt, so weit zu reisen. Vier Milliarden Lichtjahre sind kein Pappenstiel.

Das Fragenkarussell dreht sich munter weiter.

Ja. Daran ändert unsere Entdeckung nichts. Trotz aller Fortschritte stochern wir ja weiter im Nebel. Das ist und bleibt unser Schicksal als Wissenschaftler.

Ich bin mir der Grenzen unseres Tuns bewusst.

Die da wären?

Wir Naturwissenschaftler versuchen, durch Messungen nach dem Prinzip von Versuch und Irrtum der Wahrheit auf die Spur zu kommen. Wir dröseln komplexe Zusammenhänge auf und legen ihre Funktionszusammenhänge offen. Das hilft uns, die Welt gedanklich zu durchdringen, sie besser zu erklären. Das Tor zur Unendlichkeit blieb uns jedoch bei alledem verschlossen. Weil das Leben größer ist, als unser Verstand.

Sie beschreiben das Dilemma der Moderne.

Wie meinen Sie das?

In der Moderne stecken für mich Fluch und Segen zugleich. Den Segen haben Sie am Beispiel der Neutrinoforschung beschrieben. Hinter ihre Leistungen und die Verdienste bei der wissenschaftlichen Durchdringung der Welt wollen und können wir nicht zurück.

Und der Fluch?

Warum bilden wir uns auf unsere Erfolge nur immer so viel ein? Warum diese Allmachtsphantasien, dieser weit verbreitete Größenwahn? Ich erlebe Wissenschaftler, die sich ob ihrer bahnbrechenden Entdeckungen selbstgerecht auf die Schulter klopfen. Für sie ist es nur eine Frage der Zeit, bis sie sich die Natur unterworfen haben. Dabei übersehen sie, dass sie sich in ihrer Sezierbesessenheit als Totengräber des Lebens betätigen. Sie entziehen ihm Fülle und Farbe, Wunder und Mysterium und es fällt ihnen nicht einmal auf. Wie findet die Menschheit nur aus dieser Sackgasse heraus?

Gute Frage. Das Überlegenheitsgehabe halte auch ich für schwer erträglich. Schauen Sie ins Universum.

Unter den Milliarden von Sternen in Milliarden von Galaxien und zu Superhaufen verdichteten Galaxiehaufen ist die Erde nichts mehr als ein kleiner unbedeutender Fliegenschiss. In meinen Vorträgen vergleiche ich ihre Bedeutung gern mit der eines Sandkorns für die Wüste. Und wir, die wir dieses Sandkorn bevölkern, reden uns ein, wir könnten die Wüste rocken. Bullshit. Ein kleiner Windstoß genügt und das Sandkorn segelt davon.

Was folgern Sie daraus?

Wir Menschen sollten aufhören, uns als Sieger der Geschichte aufzuführen.

Demut ist der Schlüssel zum Leben.

Exakt.

Sind Sie ein gläubiger Mensch?

Ja. Das dürfte nach dem eben Gesagten keine Überraschung sein.

Wie wirkt sich Ihr Glauben auf die Arbeit aus?

Wenn das Leben größer ist als unser Verstand, bedarf es anderer Mittel, um seine Fülle zu erfassen. Während des Studiums entdeckte ich die Kraft der Gefühle und fasste Vertrauen in meine Intuition, meine Imagination, meine Inspiration. Ohne sie läuft bei mir heute nichts. Ich hatte schon Geistesblitze im Traum, beim Radfahren oder neulich beim Einkaufen an der Kasse. Die besten Ideen kommen mir sowieso immer auf dem Klo.

Und was kommt dabei heraus?

Ein aktuelles Beispiel: Ich sagte vorhin, wir Astrophysiker tun uns schwer, die Bedeutung der schwarzen Löcher zu erfassen. Neulich schoss mir ein Gedanke durch den Kopf. Er knüpft an eine Arbeitshypothese der Quantenmechaniker an. Sie behaupten, Materie sei nichts anderes als verdichtete

Energie auf Zeit. Die Formel geht nach meinem Verständnis nur auf, weil es die schwarzen Löcher gibt. Sie werden aktiv nach Ablauf der Zeit und verschlingen die Materie in ihrer manifestierten Form. Das heißt, sie lösen die Energie aus ihrer Bindung und pusten sie anschließend in das Universum zurück. Dort verdichtet sie sich zu neuer Form. Schwarze Löcher verhindern das Erstarren des Universums. Sie halten das Leben in Fluss.

Das leuchtet mir ein. Ich hatte neulich einen noch viel kühneren Traum. In ihm zog mich ein starker Sog in ein schwarzes Loch hinein. Doch ich blieb nicht in ihm stecken, sondern kam nach Passieren eines dunklen Tunnels auf der anderen Seite wieder heraus. Plötzlich war es weit und hell.

Wow.

Es war nur so ein sanfter Hauch. Er wehte mich in das Resonanzfeld der allumfassenden bedingungslosen Liebe. Von ihr erfüllt, ließ ich mich fallen, grenzenlos aufgefangen in einem feinen Netz aus strahlend weißem Licht … (Pause).

Sie fragten vorhin, wie die Energie entsteht, die die Neutrinos über Milliarden von Lichtjahre vom Sternbild des Orion bis in die Antarktis trägt. Meine Antwort dürfte Sie nach dieser Erfahrung nicht überraschen: Die Energie speist sich aus der Verschmelzung von unerschöpflicher Liebe mit reinem Licht. Sie sind die Quelle allen Lebens.

5

Kurz nach Kremmen atmet Frieder erleichtert auf. Den Autostress der Großstadt hat er kollisionsfrei überstanden. Er stellt den Tempomat auf 120 km/h und lehnt sich entspannt in seinen Ledersitz zurück. Wie ein friedliches Kätzchen schnurrt das Taxi über die Autobahn.

»Ist ja nichts los auf der Piste. Sind vor dem Wochenendverkehr noch rechtzeitig raus aus Berlin«, gibt Tibor gähnend zu Protokoll.

Die Sonnenbrille im Haar und tief in den Beifahrersitz vergraben macht er einen auf coole Socke. Sein rechter Fuß liegt angewinkelt auf der Ablage vor der Windschutzscheibe.

»Was sagt denn unser Navi«, meldet sich Nils von hinten zu Wort.

Der unscheinbare Student hat die Hände über dem kleinen Fettbäuchlein verschränkt und schaut versonnen aus dem Fenster.

»Kleine Staus kurz vor Hamburg-Ost und auf der A 1 vor Moorfleet. Um 16.20 Uhr sind wir da.«

Zwei Stunden später haben die Kumpels in der Jugendherberge in Altona eingecheckt. Mit Backfischbrötchen bewaffnet, sitzen sie auf einer Bank an den Landungsbrücken.

»Da kann man nicht meckern.«

Tibor verfolgt das laute Gekreische der Möwen, die sich auf der Uferplatte um ein altes Brötchen balgen.

»Nee, überhaupt nicht«, bestätigt Nils mit Blick über die Elbe. »Ganz viel Traffic auf dem Wasser. Die Hafenrundfahrt wird bestimmt cool.«

»Können wir ja heute noch durchziehen«, schlägt Frieder vor. »Gleich um 6 geht noch 'ne Barkasse. Und dann ...«

Weiter kommt er nicht. Ein vielleicht 16-jähriger schwarzer Junge rast mit ängstlich aufgerissenen Augen an ihnen vorbei, dicht gefolgt von zwei vor

Anstrengung keuchenden stämmigen weißen Männern. Sie mögen Mitte Zwanzig sein. Nach ein paar Metern holen sie den Jungen ein und treten ihm von hinten in die Beine. Der taumelt, fällt hin und schlägt mit der rechten Schulter auf den Beton. Da sind die Verfolger schon über ihm. Der eine reißt den Kopf des Jungen nach hinten, der andere tritt ihm mit voller Wucht ins Gesicht.

»Du dämliches Schwein«, seibern sie, »verpiss Dich aus Deutschland.«

Dann treten sie dem sich vor Schmerz Krümmenden in den Bauch.

»Sofort aufhören«, schreit Nils.

Seine Freunde und er sind nach einer Schrecksekunde aufgesprungen und zum Tatort gejagt. Tibor greift sich einen der Schläger und nimmt ihn von hinten in den Schwitzkasten. Frieder und Nils zerren den anderen beiseite, werfen ihn bäuchlings zu Boden und drehen seinen rechten Arm auf den Rücken.

»Seid Ihr bekloppt, Ihr Vollpfosten«, brüllt Nils. »Sofort einen Krankenwagen!«

Hilfesuchend sieht er sich um. Die Fußgänger, die kurz zuvor noch in Scharen auf der Uferpromenade herumgeschlendert waren, sind wie vom Erdboden verschluckt.

»Fuck«, schreit Nils, überlässt Frieder den sich nicht regenden Treter und zieht das Smartphone aus der Hosentasche.

Dann alarmiert er über Notruf den Notarzt und die Polizei. Zehn Minuten später befindet sich der schwarze Junge auf dem Wege ins Krankenhaus. Eine Polizeistreife nimmt die Schläger in Gewahrsam, die Beamten einer zweiten Streife nehmen die

Aussagen von Frieder und seinen Freunden zu Protokoll. Das ist in einer halben Stunde erledigt. Die Polizisten verabschieden sich, wenden den Wagen und fahren langsam davon. Die Freunde schauen ihnen ratlos hinterher.

»Verdammte Scheiße«, stöhnt Tibor.

Dann ist für eine Weile Funkstille.

Nils beendet sie mit einem Satz: »Männer, lasst uns nach Hause fahren.«

6

»Woher stammt nur dieser Hass?«

Frieder blickt in den Rückspiegel, blinkt, wechselt die Fahrspur und fädelt sich ein in den Verkehr Richtung Berlin.

»Die hätten dem armen Kerl fast das Genick gebrochen.«

»Schwarze titschen, das ist so 'ne Art Volkssport für Nazis. Da können sie sich beweisen, zeigen wie tapfer sie sind. Anschließend lassen sie sich dann von ihrem Fanclub abfeiern«, meint Tibor.

»Wie arm ist das«, echauffiert sich Nils, »aufblasen des Selbstwerts auf Erbsensengröße? Jetzt heuchelt mir bloß kein Verständnis, von wegen fehlgeleitete Opfer dumpfer AfD-Hetze, schwere Kindheit, Angst vor dem sozialen Abstieg oder sonstiger Psychokack. Diese Tiere gehören weggeschlossen. Basta.«

»Meine ich doch«, unterstreicht Tibor, »wenn hier die Justiz nicht klare Kante zeigt, wo sonst?«

»Bei der Blutgrätsche vorhin gibt es natürlich kein Pardon. Aber im Alltag sind die roten Linien nicht immer so klar. Klar ist nur, der Ruf nach der

Polizei kann nicht alles richten«, meint Frieder.

»Er kaschiert nur die allgemeine Ratlosigkeit«, pflichtet Nils ihm bei. »Wir müssen schon selbst unseren Arsch bewegen. Sonst werden wir die braune Soße nicht stoppen.«

»Genau. Haben den Nazischweinen gezeigt, was 'ne Harke ist. Wir sind die Guten.«

Tibor trommelt sich stolz mit beiden Fäusten auf die Brust.

»Das zählt nicht, jeder halbwegs Zivilisierte hätte das auch so gemacht«, weist ihn Frieder zurecht.

»Wie bist Du denn drauf, Alter? Keiner der vielen Luschen, die da vorhin an der Elbe rumgelatscht sind, hat sich die Hände schmutzig gemacht. Als wir Hilfe brauchten, waren alle weg. Abducken und Wegschauen, das hat in Deutschland Methode.«

»Stimmt nicht«, widerspricht Frieder. »War doch mega geil von der Kanzlerin, 2015 die Grenzen für die Kriegsflüchtlinge zu öffnen. Die Würde des Menschen ist unantastbar. Egal, ob er aus Deutschland, Syrien oder Nigeria stammt. Basta.«

»Und was ist daraus geworden?«

Tibor schnauft.

»Der ganze Schnulli mit ›Wir schaffen das‹ hat keine zwei Jahre gehalten. Jetzt rudert Mutti zurück und rührt zusammen mit ihren EU-Bossen fleißig Beton an, um die Festung Europa zu sichern. Auf einmal interessiert es keine Sau mehr, wie viele Flüchtlinge Tag für Tag im Mittelmeer absaufen.«

»Die Merkel steht auch böse unter Druck. Nix von wegen Wertegemeinschaft und europäischer Solidarität bei der Verteilung der Migrantenströme.

Jetzt schlägt die Stunde der Chauvinisten. Die kotzen sich unbeschwert nach Herzenslust aus. Nicht nur in Ungarn, Polen, Frankreich, den Niederlanden, sondern auch bei uns. Die AfD jubelt, Gauland und Höcke schlagen sich begeistert auf die Schenkel. Mir wird ganz schlecht vor so viel organisiertem Stumpfsinn.«

Nils mischt sich von hinten in den Streit ein.

»Leute, Euer Rumgestochere in der großen Politik bringt uns kein Stück weiter. Es lenkt nur von der eigenen Ohnmacht ab. In ihr steckt das eigentliche Problem. Wie gehen wir, ich meine jeder für sich, mit der Erkenntnis um, dass wir die Welt nicht retten können?«

»Siehst Du doch«, Frieder weist mit dem rechten Daumen auf seinen Beifahrer, »unser Freund flüchtet sich in finstere Zynismen.«

»Na und«, verteidigt sich Tibor, »was ist daran so blöd? Wie soll ich mich denn sonst vor dem gebündelten Wahnsinn schützen? Vor dem durchgeknallten Finanzkapitalismus in seiner Zerstörungswut, dem Abschmelzen der Polkappen durch den Klimawandel, dem Einmarsch der Russen auf der Krim, um mal drei Beispiele zu nennen? Wenn ich das alles an mich heranließe, könntet Ihr mich nächste Woche in der Klapsmühle besichtigen.«

»Schon gut, Bruder«, schlägt Frieder versöhnlichere Töne an, »habe selbst auch keinen besseren Plan. Vorhin, als wir über die Migranten sprachen, musste ich nur kurz an die woke people denken. Die kämpfen ganz offen gegen die repressiven Machtstrukturen unseres postkolonialen politischen Systems. Vielleicht sollte ich mich mal der

Cancel Culture widmen.«

»Probiere es einfach aus«, ermutigt ihn Nils. »Das ist ein cooler Ansatz. Ich habe mich öfter mit Aktivist*innen aus der Szene unterhalten und auch bei ein paar Aktionen mitgemacht. Am Ende war mir klar, meine Sache wird das nicht.«

»Warum nicht?« will Frieder wissen.

»Das weiße Hegemoniestreben kann einen schon zur Weißglut treiben. Das ständige Überlegenheitsgehabe, dieser herablassende, verächtliche Blick auf andere Menschen und Kulturen. Woke people lassen sich das nicht gefallen. Sie fordern einen fairen Umgang auf Augenhöhe. Und das zwischen allen Menschen, egal, woher sie stammen und welcher Hautfarbe sie sind. Das ist voll okay. Ich komme nur nicht klar mit Leuten, die sich für diese Haltung abfeiern und mit fast missionarischem Eifer darauf drängen, ihre Weltsicht anderen aufs Auge zu drücken. Das hat was Quasi-Religiöses. Linkes Mackertum kann ich ab wie nasse Pappe.«

»Mein Opa fände das wohl auch nicht gut. In dem Taxigespräch, das ich mir gestern reingezogen habe, meinte er, der Weg in die Zukunft führe über Demut und Hingabe an das Leben.«

»Das glaube ich auch. Friedfertigkeit ist die Mutter aller Hoffnung«, pflichtet Nils ihm bei. »Schau Dir Martin Luther King an, Mahatma Gandhi oder Nelson Mandela.«

»Eine Nummer kleiner hast Du es nicht?«, wirft Tibor spöttisch ein.

»Doch. Ich gehe dienstagnachmittags ins Asylbewerberheim und gebe den Flüchtlingen Deutschunterricht. Daneben kümmere ich mich um Hassan und seine Familie. Die sitzen zu neunt wie die Sardinen zusammengepresst in ihrer kleinen Bude, aber das Bezirksamt kommt mit der Wohnungsvermittlung nicht aus dem Knick.«

»Und damit rückst Du erst jetzt raus, Alter? Habe mich den ganzen Sommer gefragt, wo Du Dich um die Zeit immer rumgetrieben hast.«

»Man muss nicht alles an die große Glocke hängen.«

»Voll krass. Das hätte mir auch selber einfallen können.«

Frieder sucht im Innenspiegel Blickkontakt zu seinem Kumpel.

»Nils, nimmst Du mich am Dienstag mit? Ich hätte Bock, bei euch einzusteigen. Wenn Hassan jemanden braucht, der dem Bezirksamt Feuer unter dem Hintern macht, klemme ich mich dahinter.«

»In aller Bescheidenheit«, feixt Tibor, »die einem Vollblutjuristen mit zwei Semestern zu eigen ist.«

7

Kassette Nr. 10
Donnerstag, 10. Mai 2012

Schäfer, Ende 50, ca. 1,90 m groß, struppiges graues Haar, braun gegerbtes faltenreiches Gesicht, blaue Augen, in sich ruhender klarer Blick, breite Schultern, muskulös, leicht schleppender Gang, große abgearbeitete Hände, blaugrün kariertes Flanellhemd, schwarze Cordhose, klobige, frisch eingefettete Wanderschuhe aus Leder

Bitte entschuldigen Sie meine Frage. Können Sie

mich heute Abend noch nach Strodehne fahren? Es ist dringend.

Strodehne? Na, da haben Sie aber was vor. Ist eine lange Strecke. Unter anderthalb Stunden läuft da nichts.

Sie kennen Strodehne? Das hätte ich nicht gedacht.

Ich habe dort im letzten Jahr mal einen Birdwatcher aus England abgesetzt. Das war ein ganz schrulliger Typ. Der kam extra wegen der Vögel vom Gülper See angeflogen und meinte, das wäre ein richtiges Paradies. Als ich ihn ein paar Tage später abholte und wieder zum Flughafen fuhr, schwärmte er vom großen Sternenhimmel. So etwas habe er sein ganzes Leben noch nicht gesehen.

Kein Wunder. Strohdehne ist für Vogelkundler und Sternengucker ein Wallfahrtsort.

Weshalb pressiert es Sie so?

Ich muss zu meinen Schafen. Die Tiere sind ganz unruhig und brauchen mich. Die Herde steht in der Nähe des Dorfes. Leider habe ich den letzten Bus nach Rhinow verpasst. Sie sind meine einzige Hoffnung.

Wenn es so ist, dann mal rein in die gute Stube. Ich werfe den Boliden an und Sie erklären mir, weshalb Ihre Schafe so aufgedreht sind.

Zum Glück ist es nicht der Wolf. Der treibt auch bei uns im Havelland sein Unwesen. Neulich hat er auf einer Weide bei Friesack zwei Kälber gerissen.

Kann man nichts dagegen tun?

Einen perfekten Schutz gibt es nicht. Aber natürlich habe ich mir Elektrozäune gekauft. Wenn ich nicht mit den Schafen unterwegs bin, pferche ich die Herde ein. Außerdem habe ich mir zwei irische Hütehunde angeschafft. Die sind riesig und nehmen es mit jedem Wolf auf.

Was macht Sie so sicher, dass es nicht der Wolf ist?

Das spüre ich. Dann wäre die Herde jetzt anders drauf. Die Schafe brauchen nach dem warmen Tag dringend frisches Wasser.

Sind Sie gerne Schäfer?

Das kann man sagen, trotz des Knochenjobs.

Von Ferne sieht alles so idyllisch aus.

Von wegen Idylle. Viele Städter denken, der steht den ganzen Tag nur rum, schaut den Schafen beim Fressen in den Hintern und staucht ab und zu mal seine Hunde zusammen. Aber das ist natürlich reine Romantik. Die Leute sehen nicht die Arbeit, die dahintersteckt. Zäune umsetzen, Wasserfässer füllen und herumfahren, kranke Tiere versorgen, bei Wind und Wetter und sieben Tage in der Woche. Manchmal auch noch nachts.

Und trotzdem lieben Sie den Beruf.

Ja sicher. Weil ich draußen bin und mein eigener Herr, ganz dicht an den Tieren und an der Natur.

Vielleicht ist es das, worum wir Großstadtpflanzen Sie so beneiden, diese Unmittelbarkeit, dieses Ringen im Kampf mit den Elementen.

Kann schon sein. Ich begreife nicht, warum ihr darüber so viel Aufhebens macht. Ist doch normal, dass ich im Frühjahr nasse Füße bekomme, wenn es mal eine Zeitlang richtig geschüttet hat. Dann komme ich mit den Tieren nicht rauf auf den aufgeweichten Deich. Das ist in trockenen Sommern anders. Da habe ich Last, die Schafe satt zu bekommen. Wir müssen jeden Tag längere Strecken ziehen, um auf die nötige Futtermenge zu kommen. Und das bei der Hitze. Also muss ich mir doch Gedanken machen, wie das Gras steht, ob die Sonne scheint, der Wind bläst und die Wolken ziehen.

Sicherlich hilft Ihnen dabei Ihre Lebenserfahrung.

Natürlich, das ist klar. Als junger Schäfer habe ich mal übersehen, den Tieren ordentlich Raufutter zu geben, bevor ich sie für ein paar Stunden auf eine Kleewiese schickte. Plötzlich stand ein Drittel der Herde ganz steif da mit einer dicken Pansenblähung. Zum Glück war der Tierarzt in der Nähe und konnte die meisten Tiere retten. Aber fünf Schafe verreckten mir elendig unter den Händen. Das passiert mir kein zweites Mal.

Eine große Verantwortung.

Ja. Die Herde vertraut mir blind und deshalb darf ich sie nicht enttäuschen. Insbesondere die Leitschafe nicht. Zu ihnen habe ich einen besonderen Draht. Sie sind mein verlängerter Arm in die Herde hinein.

Das hört sich an nach Gedankenübertragung.

Die gibt es wirklich. Wir verständigen uns über alles, was für die Herde gerade wichtig ist, ohne dass es dafür großer Worte bedarf. Ich merke zum Beispiel, wenn eines der Leitschafe etwas von mir will. Es blickt mich an und sagt mir, worum es geht. Manchmal ist das Tier ungeduldig. Dann weiß ich, es drängt zum Aufbruch zu einem anderen Weidegrund. Manchmal wittert es Gefahr. Dann ruft es mich um Hilfe. Oder es warnt mich vor einer heranrollenden Gewitterfront, lange bevor sich die erste Wolke am Himmel zeigt. Umgekehrt spüren die Leittiere genau, was ich von ihnen erwarte. Ich bereite sie immer darauf vor, wenn es weitergeht. Dann erschrecken die Schafe nicht, wenn ich den Hunden das Kommando zum Weitermarsch gebe. Sie ziehen mit mir am gleichen Strang.

Ich vermute, ähnlich eng wie mit den Tieren sind Sie auch mit der Natur verbunden.

Das bleibt bei meiner Arbeit nicht aus. Je älter ich werde und je tiefer ich hineinwachse in die Zusammenhänge, desto andächtiger werde ich.

Das glaube ich gern. Ich bin oft für ein paar Tage draußen, ganz tief im Brandenburgischen, fernab aller Zivilisation. Ich liebe die Stille, die mir Seelenfrieden schenkt. Am Schönsten ist es nachts, wenn ich in den Sternenhimmel schaue und das Wandern der Gestirne beobachte. Dann komme ich aus dem Staunen nicht mehr heraus.

Das sind Sternstunden des Lebens. Da packt Sie der Atem des Göttlichen. Er vereint Himmel und Erde in uns.

Wie meinen Sie das?

Dass die Sterne in uns sind.

Wie kommen Sie darauf?

Ich erlebe es so. Ohne lebendigen Draht zu den Sternen bin ich innerlich tot.

Mit dieser Einsicht stehen Sie in unserer modernen Welt ziemlich allein.

Na und? Mich stört das nicht. Aber jeder sieht doch, wie die Sonne den Rhythmus des Jahres bestimmt. Ich spüre ihren Atem bis in die Strahlen hinein, so wie es die Pflanzen und Tiere tun. In unseren Breitengraden entwickelt die Sonne im März ihre stärkste Kraft.

Sie erlöst die Erde aus dem Winterschlaf.

Ja. Jeder kennt auch den Mond mit seinen Fruchtbarkeitszyklen.

Unsere Frauen können ein Lied davon singen.

Schauen Sie auf die anderen Planeten. Auf den Mars. Wie stark er ist. Mir verleiht er die Kraft zu kämpfen, wenn es darauf ankommt.

Nicht zu Unrecht verehrten ihn die alten Griechen als Kriegsgott.

Ganz anders die liebevolle Venus. Ihre zarten Schwingungen öffnen mein Herz und machen mich weich. Nehmen Sie Pluto, den Tiefgründigen. Er lehrt mich, den Dingen auf den Grund zu gehen. Und Neptun. Er weist mich ein in die Kunst des Loslassens. Sein Element ist das Wasser.

Das klingt alles nach einem großen Spiel.

Für mich ist es der Tanz des Lebens. Da begegnet mir Uranus in seiner bedrohlichen Urgewalt. Er konfrontiert mich mit dem Dunklen und Ungeklärten in mir. Gern unterhalte ich mich mit Jupiter. Er schenkt mir Lebensfreude und stattet mich aus mit Humor und Selbstironie. Jupiter macht das Leben leicht. Und dann Lilith, die Nährende. Ihre Energie verhilft mir zu innerem Frieden. Denken sie an Chairon. Chairon macht mich heil, so heil, dass ich hier und jetzt so freimütig mit Ihnen rede ... (kurzes Zögern).
Ich weiß nicht, wie ich das erklären soll.

Das müssen Sie nicht. Das Leuchten in Ihren Augen spricht Bände.

Sie halten mich wohl für einen sonderlichen Kauz. Für einen, der mit den Sternen reist und mit seinen Schafen spricht. Aber das kann ich nicht ändern und, ganz ehrlich, es ist mir auch egal.

Nur weil Sie mehr vom Sternenhimmel mitbekommen, als andere? In meinen Augen sind Sie ein sehr weiser und lebenskluger Mensch.

Danke. Das tut gut. Gerade nach einem so schweren Tag wie heute.

Möchten Sie darüber sprechen?

(Kurzes Zögern) Ja. Dann ist es raus. Vielleicht geht es mir dann besser ... (Pause).

Ich habe meine Nichte im Paulinen-Krankenhaus besucht. Das ist die Nachsorgeklinik des Deutschen Herzzentrums. Elise wurde vor 10 Tagen eine künstliche Herzklappe eingesetzt. Die junge Frau ist Ende 20! Das steckt niemand einfach weg.

Das glaube ich sofort.

Elise wollte die OP. Sie wollte es endlich hinter sich bringen. Nach den drei Herzoperationen zuvor. Dann kam sie unters Messer. Sechs Stunden lang. Die Operation gelang. Die Klappe funktionierte gut, doch das Herz fand nicht in seinen Rhythmus zurück. Also drei Tage später wieder auf die Pritsche, wieder aufgeschnitten. Die Ärzte wühlten noch mal fünf Stunden in ihrem Herzen herum und setzten ihr am Ende einen Herzschrittmacher ein. Der wird nun alle zehn Jahre ausgewechselt. Und sie schlägt sich mit dem Ding bis an das Ende ihrer Tage rum.

Eine Riesenviecherei.

Das kann man wohl sagen. Ich bin froh, dass Elises Herz wieder regelmäßig schlägt. Deshalb ziehe ich vor den Ärzten den Hut. Sie haben zwei sehr schwierige Eingriffe professionell über die Bühne gebracht.

Aber?

Die Technik ist das eine, die Seele das andere. Die ist kaputt. Elise sagt, sie hätte den Kontakt zu ihrem Herzen verloren. Es fühlt sich für sie alles so falsch an, so taub, so verloren.

Als ob der Lebensfunke erloschen sei.

Ja. Für Elise ging nach der ersten Operation alles zu schnell. Die Ärzte sagten, sie bräuchte nun unbedingt diesen Schrittmacher. Und das sofort. Da fühlte sie sich von den Weißkitteln überrollt. Über ihren Kopf hinweg bestimmten andere über ihr Leben. Wie über ein Stück Fleisch. Das gab ihr den Knacks. Als die Narkoseschwester ihr vor der zweiten OP eine Beruhigungsspritze gab, dachte sie, hoffentlich wache ich nie wieder auf ... (kurze Pause). Es ist nicht leicht das auszuhalten.

Das glaube ich.

Immerhin haben wir uns vorhin die üblichen Verlegenheitsfloskeln erspart. Von wegen, das wird schon wieder. Alles braucht seine Zeit. Das Herz muss sich jetzt erst einmal richtig erholen. Du brauchst nur ein wenig Geduld.

Und stattdessen?

Stattdessen saß ich wie ein begossener Pudel da. Wir heulten Rotz und Wasser und hielten uns die Hand. Das ging wohl eine Viertelstunde so. Dann nahmen wir uns ganz lange in den Arm.

Werden Elises Lebensgeister zurückkehren?

Ich weiß es nicht. Ich kann das wirklich nicht sagen. Dabei zerbreche ich mir über diese Frage schon so lange den Kopf. Und dann stehe ich an Elises Bett, sie braucht mich, und ich bin hilflos wie ein kleines Kind.

Das verstehe ich nicht. Sagten Sie nicht, das seelische Elend Ihrer Nichte sei Ihnen erst seit heute bekannt?

Es geht mir nicht nur um Elise. Es gibt so viele Menschen mit gebrochenem Herzen. Vielleicht mehr, als wir denken. Ihnen als Taxifahrer erzähle ich damit sicher nichts Neues.

Nein. Natürlich vermag ich nicht immer in die Herzen meiner Fahrgäste zu schauen. Aber manchmal gelingt es mir ganz gut. Um mal zwei Extreme zu nennen: Ich habe einen Stammgast, auf den freue ich mich jedes Mal. Er kommt immer sehr aufgeräumt daher, ganz souverän, selbstbestimmt und leicht. Mit dem wird mir nie langweilig. Wir unterhalten uns über dieses und jenes, über Gott und die Welt. Manchmal streiten wir uns auch, aus lauter Jux und Dollerei. Der nimmt mir gar nichts krumm. Weil er sich selber nichts beweisen muss. Sein Herz? Es schlägt kräftig, warm und weit.

Das ist ein starker Mensch.

Ja. Das krasse Gegenteil lief mir erst vorgestern vors Auto. Der Mann lebte, aber in Wahrheit war er schon tot. Wässerige Augen, Tunnelblick, ganz fahrig und gehetzt. Kaum hatte er sich auf die Rücksitzbank geschmissen, hatte er das Handy am Ohr und faltete seine Sekretärin zusammen. Aber in welchem Ton! Und das nur wegen irgendeiner blöden Termingeschichte. Den hätte man nicht fragen dürfen, ob es draußen regnet oder ob die Sonne scheint. Der kam auch nicht auf die Idee, dass da vorne jemand sitzt, auf den er Rücksicht nehmen könnte. Für den war ich einfach Luft. Wenn Sie mich nach dem Zustand seines Herzens fragen: Eingefroren, verbittert, saftlos, alt.

Das haben Sie schön ausgedrückt. Warum achten wir Menschen nur so selten auf unser Herz?

Die Antwort muss sich jeder selber geben.

Das stimmt. Deshalb fällt sie auch so unterschiedlich aus. Trotzdem ist die Herausforderung für alle gleich: Wie gelingt es mir, das Eis in meinem Herzen zu schmelzen?

Warum machen Sie sich darüber so einen Kopf?

Weil daran alles hängt. Nur ein lebendiges Herz bringt die Sterne ans Leuchten.

8

Am 11. Oktober klingelt es nachmittags an der Tür. Frieder öffnet und nimmt von einem DHL-Boten ein flaches Päckchen in Empfang. ›Herrn Friedrich Göhlen‹ steht drauf und ›Vorsicht, zerbrechlich‹. Als Absender ist Henner Wuttke vermerkt.

»Cool«, schießt es dem Jungen durch den Kopf, »lange nichts mehr von Opas Gartenfreund gehört.« Er läuft in sein Zimmer, setzt sich an den Schreibtisch und schiebt entschlossen die dicke Gesetzessammlung und die aufgeschlagenen BGB-Skripte beiseite. Dann öffnet er die Sendung und zieht vorsichtig einen Brief hervor.

Kolonie Sonnenbad, 9. Oktober 2018

Lieber Frieder,

ich habe heute die Laube winterfest gemacht. Damit beende ich sehr zeitig die diesjährige Freiluftsaison. Das war der erste Sommer ohne Deinen Opa. Ohne ihn hält mich hier draußen jetzt nichts mehr.
Beim Aufräumen fiel mir anliegendes Gedicht in die Hand. Kalle hat es mir zum 65. Geburtstag geschenkt. Ich hatte bis dato nicht den Lyriker in ihm entdeckt. Doch dann hat er es einfach mal versucht. Manchmal kam er auf so verrückte Ideen. An den Zeilen hänge ich. Doch bei Dir sind sie besser aufgehoben. Das wird Kalle bestimmt auch so sehen.

Herzliche Grüße
Dein Henner

PS: Bitte den Ostersamstag 2019 vormerken. Da starte ich bei gutem Wetter in meine 42. Gartensaison. Zum Angrillen bist Du herzlich eingeladen.

Frieder legt den Brief beiseite und zieht den schmalen Holzrahmen aus dem Umschlag. Er umfasst das durch eine Glasscheibe geschützte und auf Büttenpapier geschriebene Gedicht:

siehe
wie flüchtig wir sind

wanderer zwischen den welten

zerbrechlich
unstet
rastlos

allein gehalten von der sehnsucht
nach uns selbst

und das zarte band der liebe

das uns nährt

und heimat gibt
im angesicht des geliebten

»Krass. Großvater ein Lyriker? Das passt wirklich nicht ins Bild. Bisher hat sich mir der Alte als Feldherr präsentiert, der mit strategischem Blick seine Truppen von einem Ort zum anderen dirigiert und sich vor klaren Ansagen nicht scheut. Ich soll mich entscheiden, soll Farbe bekennen. Für eine gelebte Solidarität mit den Kindern. Für ein friedliches Miteinander über alle kulturellen und religiösen Grenzen hinweg. Für einen versöhnlichen Umgang mit Mutter Erde. Für eine neue Kultur des Teilens. So nachvollziehbar, so greifbar, so klar. Bis dahin kann ich gedanklich folgen.

Nun aber dieses Gedicht. Es platzt hinein in meine Verwirrung über die letzten drei der bisher abgehörten Taxigespräche. Sie werfen mehr Fragen auf, als sie Antworten geben: 1. Was ist real, was ist nur Schein? Lebe in der Realität, nicht in einer virtuellen Blase. (rät der Lebensberater) 2. Wie kann ich die Realität erfassen? Mein Verstand allein reicht nicht aus, sie in ihrer Grenzenlosigkeit zu begreifen. Also muss es weitere Instanzen geben. Wie sehen sie aus? Wie komme ich an sie heran? (fragt der Astronom) 3. Die Antwort des Schäfers: Entscheidend ist das lebendige Herz. Es bringt die Sterne ans Leuchten.

Wenn das die Lösung ist, muss ich meinen Blick nach innen wenden. Ich muss das Eis in meinem Herzen schmelzen. Sonst werde ich nicht den Sinn erfassen, der sich zwischen den Zeilen des Gedichts verbirgt.«

9

Kassette Nr. 11
Montag, 8. Mai 2017

Distinguierte Dame, ca. 60 Jahre, 1,70 m groß, schlank, dunkelbraunes lockiges Haar, schmales Gesicht, warme Augen, schmale Hände, Brillantring am linken Ringfinger, graues Kostüm, silberne Brosche, schwarze hochhackige Schuhe, graue Lederhandtasche

Gnädige Frau, wohin darf ich Sie fahren?
Nach Potsdam. Wären Sie so freundlich, mich am Neuen Markt vor der Villa Barberini abzusetzen?
Das mache ich gern. Es zieht Sie also in die große Impressionismusausstellung.
Ja. Deshalb reise ich aus München an.
Eine gute Wahl. Ich war vor 14 Tagen dort. Diese Werkschau ist ein einziges Gedicht.
Darf ich fragen, was Sie an der Ausstellung so fasziniert?
Sie gibt meiner Sehnsucht Raum. Die Impressionisten sind wahrhaftig, unbestechlich in ihrem Urteil, innerlich frei. Sie sehen die Welt mit neuen Augen. So wie sie möchte ich sein.
Bemerkenswert, wie Sie über die Künstler sprechen. Sie sind kein blutleerer Ästhet, der naserümpfend durch die Galerien läuft.
Danke für das Kompliment.
Das meine ich ernst. Ich bin von Beruf Kuratorin. Als Ausstellungsmacherin freue ich mich über jeden Besucher. Am Liebsten sind mir die, die sich von

der Kunst berühren lassen.

Ist das nicht der Sinn der Übung? Ich gehe in die Ausstellung, um mich mit dem Künstler und seinem Werk zu verbinden.

Kunsthopper haben dafür keine Zeit. Sie hecheln durch die Kunsthalle und haken die Highlights in neunzig Minuten ab. Gute Ausstellungen verführen ins Leben, nicht zum Konsum.

Das können wir Alten von den Kindern lernen. In der Villa Barberini traf ich auf eine Handvoll Vier- oder Fünfjähriger. Sie standen im Halbkreis um ein Bild. Aufmerksam lauschten sie den einführenden Worten der Museumspädagogin. Wenig später zückten die kleinen Dötze die Skizzenblätter und fingen an zu malen. Hochkonzentriert, von innen heraus. So wie es wahre Künstler tun.

Nichts hindert uns, es ihnen gleich zu tun. Und doch stehen wir Erwachsenen uns häufig selbst im Weg. Wie oft sind wir müde oder unkonzentriert. Dann schieben sich die Kümmernisse unseres Lebens wie Filter zwischen das Auge und die Welt. Als hätten wir schon alles gesehen und wüssten umfassend Bescheid. Die Kunst mag diese Filter nicht. Sie fordert den unverstellten Blick auf die Dinge.

Die Maler des Lichts sind dafür der beste Beweis. Claude Monet schätze ich besonders.

Sie spielen auf die Seerosen im Garten von Giverny an.

Die kennt ja jeder. Doch bevor ich mich ihnen widmete, haute mich ein Heuhaufen um. Ein Heuhaufen auf einer Wiese im Licht. Der hatte es Monet so angetan, dass er ihn ganz oft malte. Vier von diesen Bildern können Sie zurzeit in Potsdam bewundern. Sie hängen nebeneinander an der Wand.

Und jedes atmet einen anderen Geist.

Das nenne ich gelungen kuratiert. Darf ich fragen, was Sie an den Heuhaufen so fesselt? Sagen Sie nicht, es sind die geschätzt drei Kubikmeter Getreide, aufgeschichtet um ein stützendes Holzgestell in der Mitte und durch eine Lage Heu vor dem Wetter geschützt.

Nein. Es war nicht dieser große Klumpen Heu. Der stand ganz unprätentiös auf der Wiese. Mich faszinierten das Licht und die Luft, die ihn umhüllten. Ich weiß, beide sind flüchtig. Sie wandeln sich. Und trotzdem vermochte es Monet, sie auf die Leinwand zu bannen.

Haben Sie eine Idee, wie ihm dieses Kunststück gelang?

Ich vermute, es war die neue Art zu malen. Sie hat etwas Fotografisches. Ich kam darauf, als ich die Heuhaufenbilder miteinander verglich. Es waren Momentaufnahmen, in denen Monet die Wechselwirkung von Heuhaufen und Licht dokumentierte.

Sie sind ein scharfsinniger Beobachter. In der Tat fing Monet in seinen Bildern die Gegenwart ein. Sie allein war für ihn konkret fassbar. Deshalb die Unterschiede zwischen den Werken. Ein anderes Licht, eine veränderte Wetterlage, und schon ergibt sich ein neues Bild.

Es freut mich, dass wir uns da einig sind. Beim Betrachten der Bilder drängte sich mir eine weitere Frage auf. Lässt sich die Wechselwirkung zwischen Heuhaufen, Licht und Wetter qualitativ beschreiben? Ich meine, kann ich aus ihr etwas lernen über das Verhältnis von Zeit und Ewigkeit, über das Zusammenspiel von materieller und geistiger Welt?

Ja. Monet hatte den Ehrgeiz, das Augenblickliche

in das Immerwährende zu verwandeln.

Der Heuhaufen als Spiegel der Ewigkeit.

So kann man es beschreiben.

Dann täuschte mich der Blick in diesen Spiegel nicht. Das Immerwährende ist nicht in Stein gemeißelt, sondern ständig im Fluss. Es wandelt sich von Augenblick zu Augenblick. Das hatte Monet begriffen.

Und in die Sprache seiner Bilder übersetzt. Ich bin sehr neugierig, dem Heuschober gleich zu begegnen.

Grüßen Sie ihn herzlich von mir. Nun zu den Seerosen im Garten von Giverny. Ich sparte sie mir für das Ende des Rundgangs auf. Das große Bild strahlte mir schon von Ferne entgegen. Ich schritt langsam auf das Werk zu, ließ es auf mich wirken und erlebte ein Déjà-vu.

Sie verblüffen mich.

Vor 40 Jahren schaute ich schon einmal auf einen vergleichbaren Teich. Er lag eingebettet in einen Landschaftspark auf dem Gelände einer psychosomatischen Klinik. In ihr war ich seinerzeit nach einem gesundheitlichen Zusammenbruch untergebracht. Mir ging es miserabel. Ich weiß nicht, was passiert wäre, hätte es nicht den Teich für mich gegeben.

Sie mögen es dramatisch.

Es war auch dramatisch. In jeder freien Minute lief ich zu meiner Lieblingsbank im Freien. Nur dort fand ich Trost. Ich schaute auf das Wasser. Wie es sich kräuselte im Wind. Auf ihm spiegelten sich die Bäume von jenseits des Teichs, die Silhouetten vielfach gebrochen im steten Wandel der Wellen. Die Seerosen wiegten sich leise in der Dünung. Heerscharen von Insekten labten sich an ihrem Duft.

Und dann die Sonne. Mittags im Gegenlicht legte sie ein silbrig glänzendes Netz über das Wasser. Am Abend überzog sie es mit wandernden Inseln von mildem Rostbraun. Oder, wenn der Wind schwieg, mit einem von Gelb ins Rötliche wechselnden langen Strahl.

An Ihnen ist ein Poet verloren gegangen.

Das glaube ich eher nicht. Ich schildere meine Eindrücke, um vor Monet den Hut zu ziehen. Wie der es vermochte, die Komplexität des Gartens, dieses Meer an Formen und Farben, auf die Leinwand zu bringen. Er rang um jeden Pinselstrich. Einhundertvierzig Jahre später stand ich vor seinem Werk. Und all das, was er in die Seerosen hineingelegt hatte, strahlte auf mich zurück.

Monet liebte seinen Garten im Alter sehr. In den Bildern versuchte er, sein Wesen zu bewahren.

Das Wesen des Gartens ist Licht. Damals ahnte ich es, heute bin ich mir dessen sicher.

10

»Hallo Frieder.«

»Hallo Mama.«

»Hast Du mal einen Augenblick Zeit?«

»Ja klar. Warum rufst Du an?«

»Ich wollte mich nur kurz von Dir verabschieden. Sitze gerade in Tegel auf dem Flughafen und warte auf meine Maschine nach Frankfurt.«

»Cool. Aber die Buchmesse beginnt doch erst in der nächsten Woche.«

»Die findet in diesem Jahr ohne mich statt. Ich fliege von Frankfurt nach Neu Delhi. Dann trampe ich für zwei Monate durch Indien. Was sagst Du nun?«

»Geil.« Frieder ist begeistert.

»Wie kommst Du nur auf eine so abgefahrene Idee?«

»Schon als kleines Kind wollte ich zum Taj Mahal. Ich hatte vor, auf einem richtigen Elefanten zu reiten und in Bengalen wilde Tiger zu beobachten.«

»Und jetzt machst Du damit Ernst?«

»Wird auch langsam Zeit, findest Du nicht auch? Am 22. Dezember bin ich zurück. Werde mich zwischendurch mal melden. Weihnachten erzähle ich Dir den Rest.«

»Geht klar«, stimmt Frieder freudig zu, »grüß' mir Indien. Viel Erfolg bei der Tigerjagd. Und pass gut auf Dich auf. Mama, ich bin richtig stolz auf Dich.«

11

Kassette Nr. 12
Samstag, 12. Juli 2014

Schamanin, Anfang 70, ca. 1,60 m, 60 kg, schulterlanges weißgraues Haar, volles Gesicht, braune Augen, kleine Hände, kurze fleischige Finger, dünnes Lederhalsband mit Amulett, langärmeliges Sweatshirt, graue Flanellhose, graue Leinenschuhe, selbst gebaute Felltrommel

Bitte fahren Sie mich zur Afrikanischen Straße/ Ecke Togostraße.
Das mache ich gern. Sie reisen mit Ihrer Trommel?
Ja. Dies ist eine sogenannte Herzenstrommel. Sie leistet mir bei der Arbeit wertvolle Dienste.
Inwiefern?
Ich bete während der Arbeit. Die Trommel öffnet

die Türen in die geistige Welt.

Und heute beten Sie im Afrikanischen Viertel.

Nein, im Park in den Rehbergen nebenan. Mit meinen Kursteilnehmerinnen und -teilnehmern führe ich eine Zeremonie zur Heilung der Erde durch. Wir legen einen Kraftplatz an.

Das wird die Bäume freuen.

Ja. Die Pflanzen und Tiere ringsherum profitieren von der Harmonisierung des Ortes. Sie leben sichtlich auf.

Das klingt mysteriös.

Nicht für uns, die die heilenden Kräfte mobilisieren.

Ist das Magie?

Finden Sie es heraus.

Wollen Sie es mir nicht verraten?

Nein. Unnützes Reden schadet. Ich würde weder Ihnen, noch mir einen Gefallen tun.

Weshalb?

Ich würde Sie auf die falsche Fährte locken. Mit den Erläuterungen füttere ich nur Ihren Verstand. Und der spinnt sich was zusammen: Wie kann das sein? Das habe ich mir ganz anders vorgestellt. Habe ich vielleicht etwas falsch verstanden? Fällt mir eine kluge Frage dazu ein? Der Kopf raucht. Die Gedanken dröhnen. Und wir haben unser Thema verfehlt.

Das Wesentliche erschließt sich nicht über den Verstand?

Nein, nur über die Erfahrung. Und die muss ein jeder selber machen.

Das leuchtet ein. Was treibt die Menschen in Ihre Kurse

Die Neugier. Viele sind schon älter, alltagserprobte Existenzen. Sie stehen in Familie und

Beruf ihre Frau oder ihren Mann. Bis irgendwann die Krise kommt. Und mit ihr die Erkenntnis: Das kann doch nicht alles gewesen sein. Aber was ist es dann?

Die Menschen suchen nach Antwort und laufen Ihnen als Guru in die Falle.

(lacht). Das könnte Ihnen so passen.

Sie stehen unter verschärftem Esoterikverdacht.

Na und? Mir liegt es fern, Menschen auf meine Wahrheit einzuschwören. Das würde die »Anhänger« nur in falscher Sicherheit wiegen. Als Kopf einer bekennenden Glaubensgemeinschaft scheide ich also aus.

Wie wollen Sie verhindern, als solcher wahrgenommen zu werden?

Es geht nicht um mich. Ich begleite nur andere auf ihrem Weg. Sie, nicht ich, legen das Tempo und die Richtung fest.

Das kann aber auch stressig sein. Ich frage mich schon lange, wer ich bin. Manchmal bilde ich mir ein, ich hätte fast die Antwort. Doch sobald ich sie fassen will, entgleitet sie mir wie ein glitschiger Fisch.

Das gehört dazu. Diese Erfahrung bringt Sie weiter.

Ich will es hoffen.

Natürlich lasse ich meine Klienten auf ihrem Weg nicht allein. Ich spiegele ihre Fragen. Ein häufiges und immer wiederkehrendes Thema ist die richtige Wanderausrüstung. Wie schwer wiegt der Rucksack, den ich mit mir herumschleppe? Manch einer wird fast unter seiner Last erdrückt.

Das kenne ich. Ich bin um jeden Ballast froh, den ich abwerfen kann. Haben Sie einen Tipp für mich?

Kommt drauf an, was in Ihrem Rucksack steckt.

Ich nenne Ihnen mal zwei Klassiker. Der erste heißt Beflissenheit.

Was verbirgt sich hinter der Beflissenheit?

Das Streben nach Anerkennung durch Dritte.

Wo liegt das Problem?

In den zugrunde liegenden Glaubenssätzen. Zum Beispiel: Ich habe keine Berechtigung zu leben. Ich bin nur etwas wert, wenn ich etwas leiste. Ich muss mir die Zuwendung der anderen durch Wohlverhalten verdienen. Das alles ist eng verwoben mit der Angst. Der Angst nicht zu genügen. Der Angst etwas verkehrt zu machen. Was sollen die anderen von mir denken? Das bedrückt die Seele sehr.

Das kenne ich.

Der andere dicke Brocken heißt Hochmut. Er speist sich aus dem Streben des Egos nach Überlegenheit.

Was ist daran so fatal?

Ein übersteigertes Ego hält mich in meinem eigenen Saft gefangen. Ich drehe mich um die eigene Achse und finde das vollkommen in Ordnung. Die anderen können mir eh' nicht das Wasser reichen. Weil ich etwas Besseres bin und etwas Besseres verdient habe. Also brauche ich mehr. Am liebsten hätte ich alles. Doch am Ende reicht es nie. Weil kein materielles Gut es vermag, den inneren Mangel zu stillen.

Wie komme ich aus diesem Teufelskreis heraus?

Das Zauberwort heißt Gelassenheit. Ein Begriff, in dem das Loslassenkönnen steckt. Loslassen, was mich von Körper, Geist und Seele trennt. Das ist eine große Kunst.

Ich vermute, darum geht es in ihren Kursen.

Ja. Wir nennen das Reinigung. Sie steht am Beginn einer jeden Meditation.

Und dann?

Stellen Sie sich vor, Körper, Geist und Seele wären heil und rein. Frei von Verletzungen und Selbstblockaden. Frei von Ängsten, Missverständnissen und Fehldeutungen. Alles Fremde und Übergriffige eliminiert. Sie wären empfänglich und durchlässig für das, was um Sie herum geschieht. Und dann öffnen Sie sich der geistigen Welt.

Welche Signale schnappe ich auf?

Das kommt auf den jeweiligen Absender an. Auf jeden Fall handelt es sich um Lichtbotschaften in unterschiedlichen Farben und Formen.

Das funktioniert?

Ja. Weil der Mensch in seinem Wesen nichts anderes ist als gebündeltes Licht, also pure Energie. Aus ihr setzt sich das ganze Universum zusammen. Über mein Energiefeld kann ich mich mit anderen Feldern verbinden. Ich kann mit ihren Trägern kommunizieren. Egal, ob es Menschen sind, Tiere, Pflanzen oder Steine. Es können natürlich auch Sterne sein, die Sonne oder der Mond. Kraft meiner Gedanken gehe ich zu ihnen in Resonanz.

Faszinierend.

Ja. Als Schamanin vermittle ich meinen Klienten Wege ins Licht. In Meditationen und auf schamanischen Reisen gehen wir in Resonanz zu heilenden und helfenden Energien. Aber, wie gesagt, darüber rede ich nicht gern. Wie ich überhaupt schon viel zu viel rede.

Darf ich trotzdem noch eine Frage stellen?

Es kommt auf die Frage an.

Bei allem was Sie schildern, kommt Ihnen das Wort Liebe nicht über die Lippen.

Die Liebe ist zu groß, um sie in Worte zu fassen.

Aber Sie könnten in Bildern oder Gleichnissen über sie sprechen.

Sie sind ein harter Knochen. Also gut. Den Beginn der Schöpfungsgeschichte kennen Sie. »Am Anfang war die Liebe. Die Liebe war da vor aller Zeit und allem Raum. Sie gebar das Licht. Und sie gebar den Klang. Andere Namen für Klang sind ›Wort‹ oder ›Atem Gottes‹. Der Klang brachte das Licht ans Schwingen. Da wurde es hell. Und die Materie begann, sich mit Leben zu füllen.«

In der Bibel liest sich das etwas anders.

In der Sache läuft es auf eines hinaus. Die Liebe ist der Urgrund allen Seins. Sie hält die Welt in ihrem Inneren zusammen.

12

Es klingelt. Hubert schält sich aus dem Sessel und geht zur Tür.

»Wer da«, mault er in die Sprechanlage.

»Hier ist Frieder, störe ich gerade sehr?«

»Nicht die Bohne, mein Freund, komm hoch. Du kennst den Weg.«

Frieder stürmt die Treppe hinauf. An der Wohnungstür nimmt ihn ein aufgeräumter Taxiunternehmer in Empfang.

»Und ich dachte schon«, grinst er, »Du undankbarer Wicht hättest Deinen besten Kumpel bereits abgeschrieben.«

»Das könnte Dir altem Schisser so gefallen«, entgegnet der Junge, »leider kann ich mich momentan nicht über Langeweile beklagen, aber für 'ne Tasse Kaffee reicht's.«

»Dann mal rein mit Dir. Ich brühe uns einen

frischen Schwarzen auf.«

Hubert stapft ab Richtung Küche. Frieder folgt ihm auf den Fuß. Der Junge setzt sich an den Küchentisch.

»Trinkst Du den Kaffee schwarz oder mit Milch?«

»Gerne mit Milch, Euer Gnaden.«

»Und mit Zucker?«

»Auch.«

»Das lässt sich regeln.«

Hubert beobachtet seinen Gesprächspartner aus den Augenwinkeln. Irgendetwas stimmt mit dem Jungen nicht.

»So, mein Freund. Das war's jetzt mit dem Vorgeplänkel. Wo drückt der Schuh?«

»Da, wo er schon die ganze Zeit drückt«, rückt Frieder mit der Sprache raus, »obwohl ich mir die Kassetten mittlerweile komplett reingezogen habe, werde ich aus meinem Großvater nicht schlau. Weshalb hat er nie mit mir geredet?«

»Weiß ich nicht«, entgegnet Hubert. »Ich weiß nur, das war bestimmt nicht Deine Schuld.«

»Bist Du Dir sicher?«

»Meinst Du, ich hätte keine Augen im Kopf? Der Karl ist zeitlebens um Dich herumgeschlichen, wie die Katze um den heißen Brei. Der hatte richtig Muffe vor Dir. Als er Weihnachten damit rausrückte, dass er Dir etwas schenken wollte, waren Henner und ich vollkommen baff. Wir hätten keinen Hosenknopf darauf verwettet, dass Kalle es auf seine letzten Tage noch schaffen würde, über seinen Schatten zu springen. Eine Standpauke schließe ich definitiv aus. Ich tippe eher auf eine vorsichtige Lebensbeichte.«

»Meinst Du wirklich?«

»Klar doch, mein Junge. Karl ist kein Monster.«

»Das will ich hoffen.«

»Weißt Du«, Hubert drückt Frieder den Milchkaffee in die Hand, »an letztes Weihnachten denke ich gern zurück. Henner und ich waren Deinem Großvater in einer konzertierten Aktion auf die Bude gerückt. Henners Frau hatte Gänsekeulen gebraten, dazu gab es Rotkohl und Kartoffelklöße. Die wärmten wir mittags auf der Kochplatte in der Gartenvilla auf. Ich hatte mich zur Feier des Tages in den grauen Anzug gezwängt und mir drei Flaschen besten Rotweins unter den Nagel gerissen. Als ich um die Straßenecke geschnorchelt kam, bekam Dein famoser Großvater einen Lachanfall. Er konnte sich nicht einkriegen über meinen feinen Zwirn. Ich sollte mich bloß nicht so verkleiden. Und zu seiner Bestattung sollte ich gefälligst einen dicken Pullover anziehen. Nicht, dass ich mich noch auf hoher See erkälte. In diesem Stil ging es weiter. Schade nur, dass Kalle kaum noch etwas von dem leckeren Essen runter bekam. Da musste ich mich auch noch für seine Gänsekeule opfern. Nachmittags um drei schmiss er Henner und mich in hohem Bogen raus. Er brauche jetzt seinen Mittagsschlaf und dann würde er seinem Enkel etwas ins Stammbuch diktieren.«

»Was meinte er damit?«

»Das haben wir ihn natürlich auch gefragt. Kalle sagte, er müsse sich etwas von der Seele reden. Du würdest staunen. Und Henner und ich würden uns wundern, wenn Du plötzlich auf uns zugeschossen kämst. Wir sollten Dich gefälligst gut behandeln. Du wärest ein ganz feiner Kerl.«

»Das hat er wirklich gesagt?«

»Original, und er meinte es auch so. Dein Opa war immer sehr stolz auf Dich.«

»Wie ist er eigentlich gestorben?«

»Weihnachten war Kalle ja noch mal aufgeblüht wie eine Primel. Doch dann ging es umso schneller mit ihm bergab. Zwischen den Tagen schleppte er sich noch mal zur Bank und zum Anwalt. Dann war der Ofen endgültig aus. Dein Großvater legte sich ins Bett und stand nicht mehr auf. Er sagte, er hätte sein Feld bestellt. Er wolle jetzt sterben. Wir wussten, er meinte es ernst. Henner und ich wechselten uns in der Pflege ab. Rund um die Uhr war immer einer von uns da. Doch außer Händchenhalten konnten wir nicht mehr viel für ihn tun. Dein Großvater hatte das Reden eingestellt. Und Wasser wollte er auch nicht mehr trinken. Am 2. Januar schlief er pünktlich zum Sonnenaufgang in meinen Armen ein.«

V. WAPPEN ODER ZAHL

Großvaters Worte
Weihnachten 2017

Mein lieber Friedrich,

dies ist mein letztes Weihnachtsfest. Als ich vorhin die Vögel im Garten fütterte, war der Himmel verhangen, es war windig und für die Jahreszeit ein wenig zu mild. Ein paar Rotkehlchen gesellten sich zu mir, eine Blaumeise, ein Buchfink. Ansonsten war es ruhig. Die frische Luft tat meinen Lungen gut. Nun sitze ich warm eingemummelt in meiner kleinen Wohnstube. Neben mir auf dem Tisch eine Kerze und ein Tannenzweig. Dazu ein ehrliches Glas Rotwein. Vor mir der Karton mit den Kassetten. Ich habe ihn in dn letzten Tagen entrümpelt und neu sortiert.

Ja, ja, die Tonbänder. Wie oft war ich kurz davor, sie in die berühmte Tonne zu treten. Leeres Geschwätz, sagte ich mir, eitler Tand eines grandios Gescheiterten. Hatte ich doch nicht vermocht, den Inhalt zu leben. Doch vor ein paar Wochen verabschiedete ich mich von dieser allzu düsteren Sicht auf die Dinge und hauchte einer alten Sehnsucht neues Leben ein. Ich möchte mich Dir offenbaren. Für eine persönliche Vorstellung ist es nun zu spät. Doch für ein paar erklärende Worte reicht die Zeit. Deshalb sitze ich hier.

Warum erst jetzt? Das wirst Du Dich schon lange fragen. Mein Gesinnungswandel wurde eingeläutet durch einen längst überfälligen Besuch beim Arzt.

Ich Schisshase hatte mich so lange wie möglich davor gedrückt. Der Doktor schaute sich den fortgeschrittenen Bauchspeicheldrüsenkrebs an und gab mir noch sechs Wochen, um meine Dinge zu ordnen. Insgeheim hatte ich mit so etwas gerechnet. Trotzdem haute mich die Nachricht vom Hocker. In der Nacht bekam ich kein Auge zu. Scharfe Messerstiche im Bauch. Die Eingeweide brannten. Und ich voller Panik. Es war die Hölle. Schweißgebadet zerwühlte ich das Bett, wälzte mich hin und her, von Todesängsten und Schuldvorwürfen gejagt.

Im Morgengrauen stand ich auf und ging ins Bad. Ich warf mir ein paar Hände kalten Wassers ins Gesicht und schaute in den Spiegel. Da zog das bisherige Leben wie ein schneller Film an mir vorbei, schnörkellos und klar. Ich begriff, mit welch innerer Härte und Verbissenheit ich mir selbst im Wege gestanden hatte. Unfähig, über das hinweg zu kommen, was ich meiner kleinen Tochter angetan hatte, als ich mich damals ohne ein Wort des Abschieds aus ihrem Leben stahl. Das raubte mir jahrzehntelang den Atem. Erst jetzt, im Angesicht des Todes, löste sich der böse Spuk. Ich konnte mich in mein Schicksal fügen und mir ehrlichen Herzens vergeben. Zu verlieren hatte ich ja eh' nichts mehr. Befreit lachte ich auf. Und riss mich sogar zu einem kleinen Freudentänzchen hin. Du kannst Dir nicht vorstellen, wie leicht das Leben wird, wenn man mit sich selbst im Reinen ist.

Nach außen gibt es für mein Versagen gute Gründe. Ich redete sie mir zumindest ein. Ein gesundheitlicher Zusammenbruch hatte mich ins berufliche Desaster gestürzt. In dieser Phase hätte ich Deine Großmutter gebraucht. Ich hoffte sehr auf ihre Unterstützung. Doch statt mir zu helfen, ließ sie mich fallen wie eine heiße Kartoffel. Es war bitter zu begreifen, dass sie nicht mich geheiratet hatte, sondern meine Karriere und die damit verbundene gesellschaftliche Reputation. Als ich nicht mehr liefern konnte, war die Ehe kaputt. Dass Deine Großmutter mich bei der Scheidung finanziell über den Tisch zog, konnte ich verschmerzen. Aber dass sie es mit falschen Behauptungen und rechtlich fragwürdigen Tricks schaffte, mir den weiteren Kontakt zu meinem Kind zu untersagen, traf mich ins Mark. Ich war zu der Zeit in der Klinik und verstand die Welt nicht mehr. Am Ende meiner Kraft, wusste ich mich gegen die himmelschreiende Ungerechtigkeit nicht zu wehren. Mit dem Scheidungsurteil war sie in der Welt. Und ich hatte fortan mit ihr zu leben.

Für meine Tochter konnte ich kaum noch etwas tun. Mir blieb allein, das Vertrauen nicht zu zerstören, das die Kleine in seine Mutter setzte. Ich tat es, indem ich das Märchen vom tödlichen Verkehrsunfall in der Ferne erfand. Doch über die Boshaftigkeit Deiner Großmutter brachte mich das nicht hinweg. Tief verletzt wendete ich ihre Gemeinheit gegen mich und gab mir die Schuld am Scheitern unserer Ehe. Ich hatte nicht genügt, war zu schwach gewesen, mich gegen die Intrigen der eigenen Frau zu wehren. Am meisten machte mir zu schaffen, dass ich meine Tochter im Stich gelassen hatte. Sie war mir das Liebste auf der Welt. Dafür schämte ich mich. Ich schämte mich so sehr, dass ich es in all den Jahren nicht vermochte, mich Deiner Mutter und Dir anzuvertrauen. Erst jetzt im Angesicht des Todes wird mir das endlich möglich. Bitte verzeihe mir.

Als Du sieben oder acht Jahre alt warst, malte ich mir aus, Dich regelmäßig von der Schule abzuholen. Nach dem Mittagessen hätten wir Schiffe gebaut. Grazil wären unsere Boote über den Wannsee oder die Krumme Lanke geglitten. Ein paar Jahre später hätten wir in der Prignitz gezeltet, uns abends am Lagerfeuer vor den Wildschweinen gefürchtet und Sternschnuppen gezählt. Und letztes Jahr wäre ich unter Deiner fachkundigen Anleitung der Faszination des Basketballs erlegen. Das waren meine stillen Träume. Sie wurden leider niemals Realität.

Immerhin lernen wir uns jetzt auf diesem Wege ein wenig kennen. Ich möchte Dir mein Herz ausschütten und fange am besten mit einem Märchen an. Es ist die Geschichte vom Adler, der nicht fliegen wollte.

Eines Tages ging ein Bauer in den Wald und fand das Ei eines Adlers. Er nahm es mit nach Hause und legte es der Henne zu den anderen Eiern ins Nest. Wenig später schlüpften die Jungen. Der Adler wuchs zusammen mit den anderen Küken auf. Er dachte, er sei ein Huhn, ließ sich vom Bauern füttern, kratzte und pickte nach den Würmern wie alle anderen auch und lief mit ihnen aufgeregt gackernd durch den Hühnerhof. Dass er fliegen könnte, kam ihm nicht in den Sinn.

Jahre später kam ein Ornithologe zu Besuch. Ihm fiel sofort der Adler auf.

»Der Vogel dort ist ein Adler und kein Huhn.«

»Ja«, sagte der Bauer, »aber ich habe ihn zu einem Huhn erzogen. Jetzt ist er kein Adler mehr, sondern ein Huhn.«

»Nein«, antwortete der Vogelkundler, »er ist immer noch ein Adler. Er hat das Herz eines Adlers und das wird ihn immer hoch fliegen lassen in die Lüfte.«

»Falsch«, erwiderte der Bauer. »Er ist jetzt ein richtiges Huhn und wird niemals mehr wie ein Adler fliegen.«

Darauf beschlossen sie die Probe aufs Exempel.

Der Gast nahm den Adler, hob ihn in die Höhe und sagte beschwörend: »Adler, der Du ein Adler bist, breite deine Schwingen aus und fliege.«

Doch der Adler schaute nach unten, sah die scharrenden Hühner im Hofe, ließ sich zu ihnen runter plumpsen und suchte fleißig nach Würmern.

Daraufhin der Bauer: »Ich habe es Dir gesagt. Er ist ein Huhn.«

»Nein«, entgegnete der Vogelkundler, »er ist ein Adler. Ich versuche es morgen noch einmal.«

Am nächsten Tag stieg er mit dem Adler auf dem Arm auf das Dach des Hauses, hob ihn empor und sagte: »Adler, der Du ein Adler bist, breite deine Schwingen aus und fliege.«

Als der Adler die scharrenden Hühner im Hof erblickte, sprang er abermals zu ihnen hinunter und scharrte mit ihnen im Dreck.

Da sagte der Bauer: »Siehst Du, wie ich es gesagt habe. Er ist ein Huhn und bleibt ein Huhn.«

»Nein«, sagte der andere. »Er ist ein Adler und er hat das Herz eines Adlers. Lass es uns noch ein einziges Mal versuchen. Morgen werden wir ihn fliegen lassen.«

Am nächsten Morgen stand er früh auf, nahm den Adler und brachte ihn hinaus aus dem Dorf. Er stieg mit ihm auf den Gipfel eines Berges, der in der Freude eines wundervollen Morgens erstrahlte. Der Vogelkundler hob den Adler empor und ließ ihn in die aufgehende Sonne schauen. Dann sagte er zu ihm: »Adler, Du bist ein Adler. Du gehörst dem Himmel und nicht dieser Erde. Breite deine Schwingen aus und fliege.«

Der Vogel zitterte, als erfülle ihn ein neues Leben. Dann breitete er seine gewaltigen Flügel aus. Er erhob sich mit dem Schrei eines Adlers in die Luft, kreiste höher und höher und kehrte nie wieder zurück.

Ist das nicht eine wunderschöne Geschichte? Ich liebe die archaische Kraft ihrer Bilder, aus denen eine tiefe Weisheit spricht: In jedem von uns steckt ein mächtiger Adler. Er steckt auch in Dir, mein lieber Junge, auch wenn Du ihn, was ich vermute, bisher noch nicht wahrgenommen hast. Fühle Dich einmal in ihn hinein. Was hättest Du an seiner Stelle getan? Suchtest Du weiter den Schutz des Hühnerhofs? Wie es viele tun, die sich aus Bequemlichkeit oder Angst in der großen Masse verstecken und mitlaufen im gedankenlosen Einerlei des unbeschwerten Konsums. Oder ließest Du alles hinter Dir, vertrautest auf die grenzenlose Kraft des Lebens und stiegest auf in die Luft? Das ist die große Frage. Halte sie bitte in Dir lebendig.

Als ich so alt war wie Du, sah mein Hühnerhof noch anders aus. Die Entbehrungen des Krieges und der Hungerjahre steckten mir arg in den Knochen. Ich war dankbar, dass ich endlich satt zu essen bekam. Jede noch so kleine Annehmlichkeit geriet zu einem großen Fest. Doch das reichte mir bald nicht mehr. Ich wollte raus aus dem Mangel, eine Familie gründen, ein Haus bauen, Karriere machen, es mir und meinen Lieben gut gehen lassen. Dafür büffelte ich vom ersten Tag der Uni an wie ein Bekloppter und verschanzte mich hinter den Büchern der Bibliothek. Die wütend vorgetragenen studentischen Proteste im brennenden Berlin ließ ich nicht an mich heran. Sie hätten meinen Traum vom Aufstieg gefährdet. Am Ende eines zähen Studiums ging ich als prämierter Prachtgockel durchs Ziel. Die Auszeichnungen machten es mir leicht zu übersehen, dass sich unter all den Lorbeeren ein lebensuntauglicher Krüppel verbarg. Ihm fehlte es an Rückgrat und Eigensinn. Heute kann ich über dieses Strebertum nur lachen. Damals ging ich in ihm auf.

Im Vergleich dazu ist Dein Hühnerhof heute ein Schlaraffenland. Jedenfalls, was die Ausstattung mit materiellen Gütern betrifft. Die gibt es reichlich und im Überfluss. Viele Insassen halten das für selbstverständlich. Sie glauben, ein Anrecht zu haben auf jeglichen Komfort und ein anstrengungsfreies Leben. Ungestörte Sicherheit inklusive. Gelangweilt stieren sie auf ihre Smartphones, päppeln sie mit Belanglosigkeiten, um sich und die gierende Instagramgruppe bei Laune zu halten. Schau nur, wie sie sich berauschen an den manipulierten Einflüsterungen ihrer Influencer. Das platte, mit Aufputschmitteln versetzte Mastfutter nimmt ihnen die Lebensfreude. Und trotzdem schlingen sie es süchtig in sich hinein. Es gaukelt ihnen vor, sie seien die glücklichsten Hühner der Welt auf der coolsten und abgedrehtesten Massenparty, die es jemals gab.

Als ich mit Mitte Dreißig aus meinem Hühnerhof geworfen wurde, traf mich das hart und unvorbereitet. Wie eine Keule, die mit voller Wucht auf dem Hinterkopf zerplatzt. Der Brummschädel betäubte zunächst die Pein. Auf Dauer konnte er mich vor ihr nicht schützen. Als der Kopf aufklarte, kam der innere Schmerz. Wie ein Schwelbrand fraß er sich tiefer und tiefer in mich hinein. Bis am Ende das Ego vollständig in Flammen stand. Als das Feuer erlosch, waren alle Krücken der Wohlanständigkeit verbrannt. An ihnen hatte ich mich mehr schlecht als recht durchs Leben gehangelt. Jetzt stand ich nackt und bloß da und scharrte in den Trümmern meiner bisherigen Existenz. Ein Zurück gab es nicht. Ich musste nach vorn blicken. Ich begab mich auf die Suche nach mir selbst.

Sie startete am 20. Oktober 1979. Da klemmte ich mich erstmals hinter das Lenkrad eines Taxis, und zwar aus purer Verlegenheit. Ich hatte Huberts Gastfreundschaft arg strapaziert. Hatte ihm nach meinem Auszug von zuhause wie ein toter Käfer auf Couch, Nerven und Geldbeutel gelegen. Irgendwann war das selbst dem langmütigen Taxibaron zu viel. Er blökte mich an, mich gefälligst nützlich zu machen. Diesem Ansinnen konnte ich mich nicht länger verweigern.

Also rauf auf den Bock. Anfangs wusste ich nicht, was das werden sollte. Ich redete mir ein, ich sei ein Spediteur, der eine Ware von A nach B transportiert. Wie komme ich am schnellsten an lukrative Aufträge heran? Welches ist der kürzeste Weg von Neukölln nach Reinickendorf? Wie umfahre ich am besten den Stau auf dem Tempelhofer Damm? Das waren die entscheidenden Fragen. Dass es sich bei dem transportierten Gut um Menschen handelte, kam mir nicht in den Sinn. Dafür steckte ich noch zu tief in der Dauerschleife von Selbstanklage und ohnmächtiger Wut.

Irgendwann ebbte die innere Empörung ab. Bis nach zwei oder drei Jahren das Gefühlskarussell ganz zum Stehen kam. Die Bitterkeit war weg, der Hass verflogen, die Wut hatte sich in Milde verwandelt. Da begann ich, mich für die Fahrgäste zu interessieren. Ich gewöhnte mir an, sie mit einem Lächeln zu begrüßen. Ich achtete auf die Gesichter, die Kleidung, die Schuhe. Versuchte mir einen Reim darauf zu machen, welches Schicksal sich hinter der zur Schau gestellten Fassade verbarg. Es dauerte nicht lange und ich hatte mich endgültig aus der stupiden Mechanik des Stückgutverwalters gelöst. War zum Beichtvater, Lebensberater, Trostspender und jederzeit Lernenden geworden. Das war mein Ding. Und ist es bis heute geblieben. Da zu sein für die Kunden, Anteil an ihrem Schicksal zu nehmen und, wo es möglich ist, ein kleines Licht der Hoffnung anzuzünden in ihren Herzen.

Sehr gern hätte ich mir einige der Gäste zur Freundin oder zum Freund gemacht. Ich fragte mich, wieso gerade sie? An den Äußerlichkeiten konnte es nicht liegen. Es waren Männer darunter und Frauen, Junge und Alte, Schwarze und Weiße, Hübsche und Hässliche, Schwule und Heteros. Also zog mich etwas anderes zu ihnen hin. Es war die innere Haltung, die Ausrichtung der Existenz auf das Lebendige. Nicht im Kopf, sondern entschlossen ins Werk gesetzt durch authentisches Handeln im Alltag. So freudig fokussiert und produktiv wie sie, so wollte ich gerne sein.

Dieser Wunsch kam nicht von ungefähr. Er war das Ergebnis einer langen inneren Reifung. An ihr hatte mein Freund Henner großen Anteil. Kurz nachdem ich mich bei den Laubenpiepern eingenistet hatte, lief er mir wie zufällig über den Weg. Sein erster Satz ›Die Welt ist viel zu schön, um wehmütig zu sein‹ war für ihn Programm. Mit ihm zerschredderte er meine geheimen Pläne. Ich hatte vorgehabt, mich in mein Schneckenhaus zu verkriechen, um in aller Stille meine Wunden zu lecken. Das konnte ich nun getrost vergessen. Henner tobte sich an mir aus. Bei jeder sich bietenden Gelegenheit stand er auf der Matte und zerrte mich ins Freie. Zunächst dachte ich: »Na gut, tue ich ihm den Gefallen. Dann gehen wir eben spazieren.« Bis mir aufging, dass der Kollege etwas anderes darunter verstand als ich. Henner ist ein begnadeter Ästhet. Der latscht nicht wahllos durch die Gartenanlage und schiebt Trübsal über den Becher längst vergossener Milch. Nein, der reißt die Augen auf. Ihm entgeht kein Schmetterling. Und kein gelber Marienkäfer, der sich durch das Heer von Blattläusen einer von ihnen besetzten Rose fräst. Henner schärfte meinen Blick. Kluge Bemerkungen über das Zusammenspiel von Fauna und Flora kamen hinzu. Sie machten mich staunen über die Weisheit des Lebens und die Schönheit der Natur.

Bald hatte ich Appetit auf mehr, schulterte auf eigene Faust den Rucksack und stromerte durch den Grunewald. Oder pirschte mich vorbei an verwunschenen Bachläufen durch den Tegeler Forst. Dort kannte ich bald jeden Specht und fast jeden zweiten Baum. Dann fiel die Mauer. Nun lag mir auch Brandenburg zu Füßen. Die Weite des Landes zog mich raus aus Berlin. Ich erkundete die Schorfheide und den alten Buchenhain von Grumsin. Besoffen vor Glück und ergriffen von einem Zauber, der mich seither beim Betreten eines jeden Waldes packt.

Weißt Du, worin das Geheimnis dieses Zaubers liegt? Es ist seine Schlichtheit. Der Wald will nichts von mir. Ihm ist vollkommen egal, wer ihm da gerade auf die Pelle rückt. Der Wald ist einfach da. Und ich darf auch da sein, einfach so. Darf aus meinem Hamsterrad herauskrabbeln, darf von mir ablassen und in aller Ruhe abwarten, was passiert. Bis zuweilen das Wunder geschieht und die Grenzen zwischen Innen und Außen verschwimmen. Dann bin ich der Wald und der Wald ist in mir. Alles ist eins. Alles ist heil. Alles ist gut.

Warum nicht auch im Alltag so sein? So offen und direkt. Ohne die berühmte Schere im Kopf. Nicht nach dem fragen, was mir nützt, sondern empfänglich sein für das, was ist. Nicht nur funktionieren, sondern in allem Tun lebendig sein und aus dem Vollen schöpfen. Ich weiß, dass man so leben kann. Erfahre es ja gerade am eigenen Leibe. Daraus speist sich meine Hoffnung für die Welt. Über sie möchte ich gerne morgen zu Dir sprechen. Heute ist es dafür zu spät.

Bevor mir die Augen zufallen, sollst Du aber noch eines wissen. Es imponiert mir sehr, dass Du Dich bis hierhin durchgebissen hast. Ich weiß, das war ein hartes Stück Arbeit. Andere hätten auf der Kassetten-Tippel-Tappel-Tour längst die Brocken hingeschmissen. Aber Du nicht. Du bist ein verdammt zäher Hund, mein Junge. Ich bin sehr stolz auf Dich. Und ich habe Dich sehr, sehr lieb.

...

Guten Morgen, mein lieber Friedrich, wie geht es Dir? Hoffentlich hast Du gut geschlafen. Mich hätten diese Nacht keine zehn Pferde wachgekriegt. So erschöpft war ich und tief und fest entschlummert. Nun geht es mir schon wieder besser. Habe mir auf einer kleinen Morgenrunde durch den Garten überlegt, was ich Dir unbedingt noch sagen will. Bin dann in meine warme Laube zurück und habe eine Kanne Tee aufgesetzt. Den trinke in nun wie ich es mag mit Milch und Honig.

Von unserem gestrigen Weihnachtsessen habe ich Dir noch nicht erzählt. Es war ganz fabelprächtig. Hubert und Henner zauberten ein festliches Mittagsmahl auf den Tisch. Weißes Tischtuch, Stoffservietten, brennende Kerzen, Rotwein inklusive. Kaum hatten wir an der Tafel Platz genommen, legten Henner und ich los wie in besten Zeiten. Alles fing wie immer ganz harmlos an. Ich erzählte von dem Wunsch, auf hoher See bestattet zu werden. Meine Asche in alle Winde zerstreut. Henner fand das gut. Er meinte nur, die meisten Menschen hierzulande tickten anders. Die wollten ihren festen Platz auf dem Friedhof. Damit die Angehörigen etwas haben, an das sie sich halten können. Klar, sagte ich, der Mensch ist ein Gewohnheitstier. Der lässt so schnell nicht los. Darauf Henner: Der Mensch lässt niemals los. Und das wird auch immer so bleiben. Schon hatten wir uns herrlich in den Haaren.

Ich brachte ein Beispiel: Stellt Euch vor, in China bricht eine Seuche aus und verbreitet sich in Windeseile über den ganzen Erdball. Hunderte von

Millionen Menschen infiziert, die Krankenhäuser überfüllt, Millionen Tote. Was werden die Leute tun? Für Henner war der Fall klar: Sie reagieren wie ein aufgescheuchter Hühnerhaufen, Panik allenthalben. Die meisten suchen Schutz. Kann man sich nicht gegen so was impfen lassen? Die anderen stecken den Kopf in den Sand und leugnen das Problem. Schuld an der Misere ist immer ein anderer. Die Folgsamen und Braven stempeln die Impfverweigerer zum Sündenbock, für die Renitenten ist es der übergriffige Staat. So spaltet die selbstgerechte Kakofonie die gefiederte Schar. Nur in einem Punkten ist sie sich golden einig: alle wollen in ihr früheres Leben zurück.

Der letzte Satz brachte mich auf die Palme. Mensch Henner, herrschte ich ihn an, Du weißt genau, dass das nicht stimmt. Nicht alle klammern sich an ihr altes Leben, um die Kontrolle über ihr jetziges nicht zu verlieren. Nicht alle keilen aus Angst vor dem Tod gegen andere aus. Du kennst doch auch die anderen, die Starken, die freien Geister, die ihre Machtlosigkeit sehen und akzeptieren. Sie lassen los und vertrauen sich dem Fluss des Lebens an. Nur wer loslässt, hat die Hände frei. Nur wer die Hände frei hat, kann zupacken und solidarisch handeln. Nur wer sich solidarisch verhält, versteht die Zeichen der Zeit.

Henner schaute mich an, als träfe ihn der Schlag: Deinen Optimismus möchte ich haben. Darauf ich: Ich weiß. Aber so zuversichtlich wie jetzt habe ich noch nie auf die Zukunft geschaut. Meine Hoffnung gilt der Jugend und stützt sich auf die Evolution. Die Evolution wird die Menschheit schneller und radikaler auf neue Bewusstseinsstufen heben, als wir uns das heute ausmalen. Darauf Henner: Hört auf Kalle, den weisen Propheten. Dann ich: Du Defätist vermiest mir nicht den großen Traum. Bewusst Sein heißt Vertrauen in die gute Ordnung der Schöpfung. Ich vertraue darauf, dass sich der lebendige Geist gegenüber der erstarrten Materie durchsetzt. Dass in unserem Gemeinwesen eine Ethik zur Praxis wird, die das Leben fördert, statt es zu zerstören. Dass die Wissenschaft ihre Vorliebe für die nackten Fakten aufgibt und die Frage nach dem Sinn des Seins in allem stellt. Ich vertraue darauf, dass sich die Menschen geschwisterlich begegnen, egal woher sie kommen, was sie glauben, wie jung oder alt, wie gut versorgt oder bedürftig sie sind. Ich vertraue darauf, dass die Unterdrückung der Frauen bald ein Ende hat. Kurzum: Ich hoffe auf eine neue Zeit.

An dieser Stelle schaltete sich Hubert ein. Er hatte soeben seine zweite Gänsekeule niedergemacht, mitsamt der restlichen Klöße. Zufrieden mit dem Ergebnis seines großkulinarischen Einsatzes schob er den leeren Teller beiseite und schaute uns grimmig an: Das elende Gekeife hält kein Mensch an den Ohren aus. Lasst uns dieses unwürdige Spiel beenden. Er zückte das Portemonnaie und knallte einen Euro auf den Tisch. Wappen oder Zahl? Henner: Zahl. Ich: Adler. Dann griff ich den Euro und versenkte ihn in meiner Hosentasche. Hubert schäumte. Schäm' Dich Hubert, versuchte ich ihn zu bremsen. Die Würfel sind schon längst gefallen. Du kannst nicht über die Zukunft der Menschheit per Los entscheiden. Doch der alte Fresssack maulte weiter. Da platzte mir endgültig der Kragen: Damit Du es weißt, diesen

Euro bekommt mein Enkel. Der ehrt den Adler und verhilft ihm zu seinem Recht.

Nun war es raus. Den Kumpels blieb die Spucke weg. Bevor sie mir über meine Anspielung Löcher in den Bauch fragen konnten, komplimentierte ich sie hinaus. Ich hatte ja zu tun. Musste Dir noch was aufs Band sprechen … (Pause)

Es war einer dieser hingehauchten Tage im September. Ich saß in Kreuzberg auf einer Bank am Landwehrkanal. Die Arme entspannt, die Beine locker von mir gestreckt. Sie genossen die Ruhe nach all dem Hin- und Hergerenne zuvor. Ich hatte die Boulesspieler am Paul-Lincke-Ufer besucht, mich ergötzt an ihrem selbstvergessenen Spiel. War in den Hinterhöfen nebenan den Grüppchen von Start-up-Unternehmern ausgewichen, die sich mit festem Blick auf ihre Smartphones in die kurze Mittagspause stürzten. Hatte mich unter die schreienden Händler des Türkenmarktes am Maybachufer gemischt und ihre Begeisterung für die angebotenen Früchte, exotischen Stoffe und Öle geteilt.

Das alles schwang mit, als mich die Sonne und eine Herde wandernder Wolkenschafe mit einem Wechselspiel von Licht und Schatten überzogen. Eine frische Brise fiel vom Himmel, umschmeichelte das Gesicht, um kurz darauf ein paar Wellenmuster auf das Wasser zu hauchen. Dann verlor sie sich in der Gluthitze der vergangenen Tage. Ich schloss die Augen und wurde still. Konzentrierte mich auf das sanfte Auf und Ab des Atems. Bis mir am Ende auch diese Kontrolle entglitt.

Da stand in mir das Leben auf. Es dampfte mich ein auf einen Faden reinen Lichts, den es mit einer Unzahl anderer Fäden zu einem riesigen pulsierenden

Teppich verwob. Dieser wurde von einem Blüten-
meer duftender Farben überschwemmt. Kaum zogen sie sich zusammen zu einer erkennbaren Form,
gaben sie sie wieder preis. Dominierten für einen
Augenblick die Blautöne, verliefen sie durch das
hineinschießende Gelb in ein pastellhaftes Grün.
Doch auch das hatte keinen Bestand. Das bunte
Spiel wurde überstrahlt durch die Klänge einer
kosmischen Symphonie, aufgeführt von Milliarden
jubilierender Sterne und Galaxien. Ihre Stimmen
schossen hoch in mächtigen Kaskaden, um in der
Stille des nächsten Augenblicks in einem subtilen
pianissimo zu verhallen.

Der Rest war Schweigen.

Als ich aus der Versenkung erwachte, hatte ich
meinem Herzen auf den Grund geschaut. Ich bin
nichts anderes, als ein Quäntchen Licht im unend-
lichen Lichtermeer des Universums, mit allen und
allem auf ewig verbunden.

Bald werde ich in der kühlen Frische des Morgens auf den Berg steigen und auf die Sonne warten. Beim ersten Strahl breite ich die Schwingen
aus und hebe ab zum großen Adlerflug. In weiten
Kreisen schraube ich mich in die Luft. Dann kehre
ich heim. Ich kehre heim ins Licht.

DANKSAGUNG

Die in der Geschichte geschilderten Einsichten sind gewonnen aus fremder und eigener Erfahrung. Denjenigen, deren persönliches Schicksal sich in ihr spiegelt, danke ich für das Vertrauen und die Offenheit, mit denen sie mir Einblick in ihr Leben gewährten.

Ebenso herzlich danke ich meiner Frau Christiane Erning für die liebevolle Unterstützung und Ermutigung, das Buch trotz aller zwischenzeitlichen Zweifel zu Ende zu schreiben.

Es wäre ohne die Begegnung mit Manfred Stolpe nicht entstanden. Mit sich selbst im Reinen gab der Brandenburgische Ministerpräsident nach der politischen Wende 1989 vielen Menschen in Ostdeutschland Orientierung und Halt.

ÜBER DEN AUTOR

Gerhard Ringmann, in einem kleinen Ort in der Nähe von Osnabrück 1954 geboren, studierte Jura in Bonn und arbeitete in der Finanzverwaltung, bevor er im Frühjahr 1990 als Referent in das Verbindungsbüro des Landes Nordrhein-Westfalen nach Ostberlin wechselte. Später leitete er lange Jahre das Büro des Brandenburgischen Ministerpräsidenten Dr. Manfred Stolpe in Potsdam und war anschließend bis zu seiner Pensionierung als Abteilungsleiter in der Brandenburgischen Landesregierung tätig.